U0072388

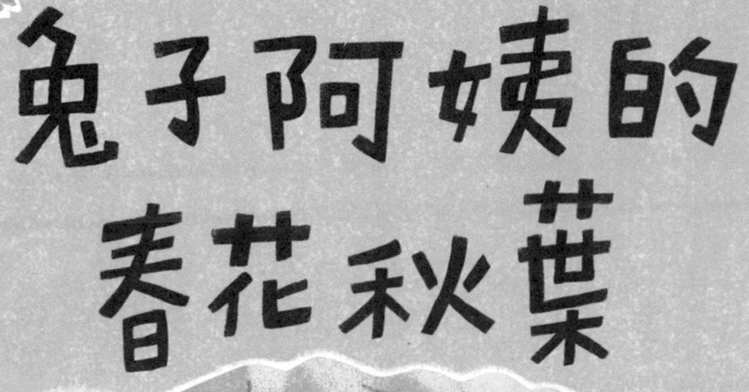

兔子阿姨的春花秋葉

陳素宜◎文
Yating Hung◎圖

【推薦序】

春花絢爛、秋葉靜美

◎張子樟（兒童文學評論家）

「看過春花，賞過秋葉」八個字一下子就點出了這本書的架構。兔子阿姨分享了她的兩趟不同季節的旅遊，給讀者帶來了對比映照的心靈撞擊，但我們依舊推敲出全書的主軸：藉由五官的緊密接觸互動，領略人世間的生命趣味。

誠如兔子阿姨在書中點出的：「旅行的目的就是，學習用不同的方法看待事情，期待遇見新鮮美好的人事物！」因此，她遵循她多年來的閱讀與旅遊感受，書寫植物、動物、顏色和食物，又不時穿插典故和介紹喜愛的作家和作品。不論以何種角度切入勾勒，總是能將所見、所聞、所感、所思十分細緻的融入敘述，雖主觀但顯現的卻是恰到好處的淡淡色彩，絕無空洞的誇耀與虛飾。

花之旅

日本四月賞櫻五月看藤花。兔子阿姨先描繪櫻花在黃、紅、青和藍色的路燈下不同的氛圍，接著在一樹豔粉紅、淡粉紅和純白的櫻花襯托下，作者又帶我們看到一群可愛的幼兒園小朋友頭上的粉紫色、粉橘色和粉綠色小帽子以及幾位老人家的白髮互相映照下，淨是不同層次的顏色組合之美。

在足利花園裡，她盡情揮灑，所以我們知道花色有紅、黃、藍、紫；粉紅、亮橘、金黃、淡紫；花朵有漸層、斑點、渲染各色；花瓣則分單瓣、圓瓣和尖瓣；形狀呈筒狀、唇狀、蝶形、荷包形、喇叭形。紫藤花開顏色先是粉紅、接著紫色和白色，最後黃色。

至於楓葉色變則因時而異。箕面公園的紅、黃和綠色楓葉開始變色；大阪有紅有綠；京都則處處楓紅：豔紅、鮮紅和橘紅。鮮豔落葉先轉成磚紅，再成赭紅，最後全乾萎縮成乾乾、淡淡、蒼白的紅。細心觀賞、仔細筆錄，兔子阿姨真是有心人啊！一樹金黃、片片碧綠的銀杏景色則是額外收穫。

書之旅

兔子阿姨說自己最愛聽故事、看故事、講故事，旅遊自然也是尋找故事的方法之一。於是她一路仔細告訴我們濱田廣介的〈哭泣的紅鬼〉、宮澤賢治的〈注文很多的西餐廳〉、池田晶子的〈超酷貓咪〉、安房直子的〈狐狸的窗戶〉的點點滴滴，浦島太郎的歲月轉化故事當然也不會放過，創造故事夢工廠的宮崎峻先生的吉卜力美術館更是必須拜訪的聖殿。作者娓娓道來，讀者陶醉入夢。

無論是民間傳説、童話或卡通，都是慰藉大人小孩內心不可或缺的精神糧食。這些故事傳遞並散播前人的信仰、堅持、守望與愛心等，值得代代相傳，畢竟它們也是傳統文化的一部分。在傳頌之餘，不妨好好思考如何增強我們的文化創造力。

文化之旅

兔子阿姨春花秋葉之旅，不僅僅是單純的五官享受之旅，也是深刻反思往昔、對照古今的文化之旅。旅人每到一處陌生之地，在異國文化氛圍的籠罩下，在不知不覺中融入認同，或不停自我省思。這本旅遊散記不乏濃烈文化氣息，例如：不同花園的來歷與特色、澀谷小

八、不同特色的圖書館、太陽之塔、風雷神門、自由女神、唐人淚等。相對之下，風中飛舞的鯉魚旗和「三五七節」的溫馨典故更令人嚮往。

在兩次旅途中，兔子阿姨也感染了日本人的好客有禮、認真閱讀的生活習慣。熱心帶路或親自駕車送客、不吝送小禮物給陌生人等，都是近乎本能，需要優秀文化的長期醞釀，才能自然形成。「禮失而求諸野」的説法是正確的。令人遺憾的是，處處都見到特別用中文書寫，提醒華人要注意旅行禮貌的告示。

美文之旅

兔子阿姨創作多年，童話、少年小説得過獎，散文書寫更不在話下。她對文字的拿捏易如反掌，觀察細膩，隨時勤作筆記，點點滴滴從不遺漏，行文信手拈來皆是佳文。她刻畫在北之丸公園的拍照情景：

「……小草花互相扶持，在大樹腳下形成一片紫色的海洋，隨著輕風細雨款款擺動。穿著各色外套的旅客，像是一群群撐傘的熱帶魚，在細雨中游進了紫色海，……」動靜自如、色彩繽紛，給讀者帶來賞心悅目的極佳效果。

能走出國門四處旅遊是件人人稱羨的福氣。兔子阿姨毫不藏私，以生花妙筆描繪人間美景，與大小讀者分享她的喜樂心情。美景在前，美食反而不重要了，被忽略了，因為美食不一定養生，美景確能怡情養性。美景、美文加上美圖，這樣闡述人間諸般美事的美妙組合，大小讀者要如何抗拒呢？

目錄

【推薦序】春花絢爛、秋葉靜美 ◎張子樟 4

歡迎光臨「兔子阿姨的春花秋葉」 14

春花

01 賞花情報 18

02 春城無處不飛花 26

03 街頭舞臺 34

04 看書的小女孩 42

05 旅行的目的 50

06 櫻吹雪 58

07 櫻染櫻湯櫻花漬 66

08 阿牛叔叔的獎品 74

09 必吃必買必逛 82

10 越貴越美麗 90

11 風中飛舞的鯉魚旗 98

12 說故事的人 106

秋葉

01 炸楓葉和烤栗子 118

02 森林裡的泡腳池 128

03 稻荷狐狸奈良鹿 136

04 越夜越美麗 146

05 上上籤 156

06 故事夢工廠 164

07 遙遠的富士山 172

08 兩隻小瓢蟲 180

09 銀杏大道 188

10 旅行的禮貌 196

11 有趣的觀光列車 204

12 初雪 214

歡迎光臨「兔子阿姨的春花秋葉」

我喜歡欣賞大自然的美景，尤其是春天盛開的花，和秋天的變色葉。這幾年有機會到日本自助旅行，看過春花賞過秋葉，特別把這些經歷整理出來，寫在這個專屬的部落格裡，希望小兔子們常來看看。

春花

01 賞花情報

十二月，小真叔叔傳來了一個賞花情報，問大家春天來的時候，要不要一起去日本賞櫻花。預訂時間、安排行程，幾番討論之後，確定成行的有六個人：小真叔叔和琳琳阿姨、陳叔叔和咩咩阿姨、阿牛叔叔和兔子阿姨。三個男生是十五、六歲的時候，一起念書的老同學，決定要帶著老婆一起去看花啦！

三月底一個天還沒亮的清晨，兔子姐姐在廚房裡洗生菜、煮雞肉、切番茄洋蔥，做了超級豐富的三明治，讓我們帶到機場當早餐。

因為她記得上次我們去日本看秋葉時，也是一早的班機，商店都還沒開門做生意，我們只好吃販賣機裡面，冷冷的八寶粥。兔子阿姨好感動啊，坐在候機室裡看著天色漸漸變亮，剛剛升起的太陽緩緩越過飛機尾翼，吃著女兒做的三明治，想像著將要追逐春花的一個月旅程，感覺自己好幸福呀。

可是啊，沒高興太久，就被少少的澆了一些冷水。不知道什麼原因，飛機延遲了半個多小時，想到因為不同班機，先到日本機場等我們的領隊小真叔叔，等不到我們應該會很擔心吧？還好他自助旅行經驗豐富，在比預定時間慢將近一個小時才見到我們時，還是高高興興的說：沒有迷路就好啦！

在機場吃過午餐，我們坐車來到東京，時間還早，我們打算放了行李，再去目黑川看夜櫻。沒想到，推著行李前往旅社的路上，馬上就來了一個大震撼，轉過一個街角，我們看見道路兩旁高高的行道樹上，白花花的一片！因為是行道樹，剛開始我還以為是什麼宣傳手法，把廣告布條之類的東西綁了一樹，來到樹下，看見人行道上片片花瓣，才確認這一路近百公尺的行道樹，都開了滿滿白色的花。遠看一樹白花花，在樹下仰頭看，還是有一些比花瓣稍小的綠葉襯著花朵，層疊的白花瓣圍著細密的紫色花蕊，這是白木蘭呀，日本人稱它為辛夷花。完全沒想到，這個時候，這個地點，遇見了盛開的辛夷花，真是大大的驚喜！尤其是我們會在這間旅社住上十

天，出出入入都可以看到它們呢！

安頓好行李，背著隨身背包，我們搭地鐵到目黑川賞夜櫻啦。這條河就在市區，兩旁是高聳的建築，感覺櫻花就在日本人的生活環境中，在都市裡也一樣。來到這裡夜色漸濃，沿著河岸盞盞的燈籠已經打亮。老樹上的櫻花，在暗藍色的夜空下，傾身下探河面，藉著各色路燈，想看看自己的妝容。我發現不同顏色的路燈，會給櫻花不同的感覺。黃色的路燈下，紅色路燈下，青色路燈下，藍色路燈下的櫻花，各有不同的氛圍。站在橫跨兩岸的橋上，看向前後不同的景緻，各色路燈，各種氛圍，真的會有一種不似在人間的感覺喔！

不過樹下嘈雜的人聲，馬上就把我們拉回人間了。或許是櫻花季剛剛開始，或許是人們在冬天憋得太久，雖然是上班日，來賞夜櫻的人還真是多啊！走走停停，看花拍花之餘，還有個一定要參觀的就是路旁的小吃攤。塗上味增烤得噴香的五平餅；炒麵、高麗菜絲、肉和蛋、海苔片組成的廣島燒；長長的薯條；圓圓的香腸，這裡讓我想起前幾天才去逛的臺灣夜市啊。不過有一種飲料，是我第一次遇見，可能是櫻花季才有的吧。圓圓的杯子，上面大下面小，放在一根細長的柄上，最下方是一個扁平小圓杯座，整個就是一個修長美麗的杯子，裡面裝的是很淡很淡的粉紅色，微微冒著小氣泡的透明飲料。兔子阿姨發現大都是年輕小姐在享用，阿牛叔叔說那應該是香檳。對酒類不是很有興趣的兔子阿姨，還是賞花就好囉。

大家在約好的時間，來到說好的地點集合，都有一個相同的想法，就是這裡的櫻花開是開了，但是好像剛剛開始，還不到盛開。兔子阿姨想到來日本看秋葉的時候，曾經在車站或是景點看過賞葉情報，會把各地楓紅的狀態，用表格標示出來，讓大家參考，再決定什麼時候去什麼地方。小真叔叔說也有這樣的賞花情報，可以做為參考，更厲害的是，電腦網路上也有網站專門提供這樣的情報。所以，住在這裡的十天，我們的行程還沒完全確定，身為領隊的小真叔叔，每天晚上都會做功課，第二天早餐會報的時候，再告訴大家當天的賞櫻景點，就是要帶大家看到最美的櫻花啦！

02 春城無處不飛花

唐朝詩人韓翃寫過一首很出名的詩，前兩句是「春城無處不飛花，寒食東風御柳斜」。說的是寒食節前後，也就是清明節那段時間的春天，長安城裡處處楊花柳絮飄飛，東風吹斜了御花園裡的柳條兒。他寫的是一千多年前的長安城，可是這幾天在日本的東京，我想也只有他這句好詩詞，能夠形容的貼切。真的，就是春城無處不飛花呀！

如果前一晚的目黑川夜櫻不算，我們最先到達的景點，是社區型的播磨坂櫻木花道。在車水馬龍的大馬路兩旁，和中間的大型安全島上排列了一百二十棵左右的染井吉野櫻，已經盛開一半左右。我們先在安全島上蹓躂，在一排高大的櫻花樹下穿行。粗大黝黑的樹幹，訴說著它經歷不少的年歲，向上分岔遊走的細枝，完全沒有葉片，只有細細密密的花苞。含苞的花兒是稍稍豔麗的粉紅，初初綻放的花朵是淡淡的粉紅，等到完全盛開，那五片花瓣已經純白。當我們仰頭看望，那一樹的豔粉紅、淡粉紅和純白，真是十分美麗；再轉頭看沿著道路的，那一列斑斑點點、深深淺淺的粉紅和整片的純白交織，就不只是美麗而已了。

除了看花，兔子阿姨還喜歡看人。我們一上安全島，就遇見一

第45回 文京さくらまつり

群可愛的幼兒園小朋友，帶著粉紫色的小帽子，粉橘色的小帽子，粉綠色的小帽子，在老師帶領下，乖乖的走在櫻花樹下。來到休息區，三四個年輕的看護，忙著分配點心給六、七個老奶奶，其中兩個老人家還坐在輪椅上。陽光照在櫻花樹上，照在小朋友身上，也照在老人家的白頭髮上，這是一個賞花的好日子啊！

然後，兔子阿姨就看到地面上那些奇怪的景象了。一塊塊藍色的雨衣布，鋪在小路旁的櫻花樹下，有些用膠帶把邊邊固定好，有些用橘色的交通錐壓住。這是怎麼一回事呢？

下午我們到了六義園，這是有錢人家精心設計的庭園，現在已經捐給公家單位，開放給民眾買票進入參觀。這個園子，不同的季節有不同的美麗，春天來到這裡，當然就是賞櫻囉。雖然這裡的櫻花樹不多，但是裡面有棵以一抵百的「老先覺」，就是我們今天特別來拜訪的對象，一株高十五公尺，大概四、五層樓高，寬二十公尺，大概兩間半教室寬的大櫻花樹。

哎呀呀！這棵櫻花樹活生生的就是一棵噴泉樹，粗壯的樹幹在一個人高的地方開始分成三岔，每一岔又往上分出細枝再細枝，細枝多到數也數不清，直到最高點的花枝開始往下垂，數不清的枝條上，是朵朵盛開數不清的粉白花朵。這棵老樹，就像是噴出櫻花的噴泉樹啊！因為開花的枝條下垂，這種櫻花有個特別的名字，叫做枝垂櫻。六義園的這棵枝垂櫻，在東京可是大名鼎鼎的喔。

後來，我們到新宿御苑、上野公園，終於解開藍色雨衣布之謎。在這兩個超級大的公園裡，兔子阿姨見識到在地人對櫻花的熱情了。新宿御苑的大草坪上，盛開的櫻花樹下，滿滿的全是鋪著野餐墊，一邊吃東西一邊快樂賞櫻花的人們。爺爺奶奶看著嬉戲的孫子孫女，爸爸媽媽忙著分配食物飲料，一家人的笑聲就像樹上的櫻花一樣綻放。

中午時分的上野公園，遊客不少，櫻花樹下的藍墊子處處都是。兔子阿姨已經知道，這是賞櫻人預先鋪好的位置，我還發現這裡除了墊子，還有紙箱當桌子呢。果然我們繞了一圈公園回來，傍晚時分，人潮來了。是剛下班的上班族一批一批的趕來了。紙箱鋪上桌巾，上面擺滿食物和飲料，大家高興的賞花聊天喝酒。是的，喝酒助興，空氣中有一股甜甜的酒味呀！

不喝酒但是愛吃的兔子阿姨，特別注意食物，總是在賞花之餘，看看在地人吃些什麼。白天的家庭組合，吃的大都是保

鮮盒裡裝的媽媽便當，各種口味的壽司、毛豆、炒麵、玉子燒和水果。傍晚的上班族，帶來的是附近餐廳的賞櫻套餐。中華料理餐廳的主菜是餃子、燒賣，還有炸雞塊、咕咾肉、糖醋蝦和炒木耳。日式料理有壽司、串燒、還有一些看起來很好吃，但是我不知道是什麼的東西。相較之下，媽媽便當比較樸實，餐廳套餐比較華麗。不過，在這東風徐徐，春城無處不飛花的時節，跟自己的親朋好友一起賞花，吃什麼已經不是最重要的啦。不是嗎？

03 街頭舞臺

我們又來到淺草了。四個月前，我們和兔子姐姐在這裡的民宿住了八天七夜，每天早上走過駒形橋，搭車去明治神宮前看金黃的銀杏大道，去三鷹拜訪動畫美術館，到築地吃海鮮，到台場泡溫泉。當然，也走過駒形堂前面的銀杏樹下，到淺草寺前的雷門大燈籠前面拍照。當時以為看盡淺草風情，現在才發現，不同的季節，景色是大大的不同呀！

大燈籠前面一樣是人潮滿滿，天氣比四個月前暖和，穿著和服

的小姐明顯增加不少。來到淺草寺，那棵滿樹燦爛金黃的銀杏樹，葉子已經全部掉光，剩下光禿禿的枝椏。反倒是那時靜靜站在一旁，無人聞問的櫻花樹，現在春花怒放，一樹粉紅。大自然的舞臺十分公平，哪個季節是誰表現，清清楚楚。還有一件事情，讓兔子阿姨大吃一驚。那間我們天天經過，卻不曾進入的「淺草文化觀光中心」，八樓竟然有個小巧舒適的展望臺！小真叔叔帶大家上去看淺草寺夜景的時候，兔子阿姨想的是，上次怎麼沒發現這個好地方呢？

不同季節真的有不同的重點，這次來淺草的主要行程，是漫步在隅田川畔的隅田公園，欣賞滿開的櫻花。冬天來這裡，寒風中見不到幾個人；現在盛開的櫻花樹下，坐滿野餐賞花的人群，空氣中流動著食物的香氣，和清甜的酒味。過橋繞到河的對岸往回走，幸運的遇見樂團演奏助興。吹面不寒的春風中，看著河邊搖曳的櫻花，聽著美妙動人的樂音，真是一大享受啊！對了，我還要拍一張櫻花映照的晴空塔，傳給兔子姐姐看一看呢。

還有一個讓兔子阿姨深切感受到風情萬種的地方是井之頭公園。也是相隔四個月，上次來的時候，落葉鋪滿只有我們走過的步道，楓葉盛景已經過去，只有幾片殘紅掛在枝頭。偌大的池塘，正在進行幾十年來難得一見的清汙泥工程，淺淺的、沙子很多的池水中，還停著幾座機具，完全就是表演場地中後臺的樣子。這次來就完全不一樣了，跟一大群人一起走出車站，前往公園的路上就塞人了。大家摩肩擦踵向前走，路旁的店家更是努力的招攬顧客，氣氛非常活潑歡樂。就在進園前一個路口轉角的地方，有個年輕女孩一個人站在那裡，臉上表情豐富加上比手畫腳的肢體動作，應該是在說故事，或是表演單口相聲之類的吧？雖然聽不懂她在說些什麼，但是非常佩服她的勇氣，在這人聲雜沓的地方，不畏他人的眼光專注表演，真是不簡單啊！

來到公園的大池塘邊，盛開的櫻花樹圍著池塘繞一圈，樹下野餐的賞櫻人潮不輸上野公園，不同的是我在這裡還看到不少狗狗出現，牠們也在春天的櫻花樹下，跟主人一起分享歡樂。大池中，活躍的是另一種「動物」。一隻一隻白色的天鵝船，載著小孩兒和爸爸媽媽，在倒映著天光花影的水上遊走，興奮快樂的笑聲，跟樹上飄落的櫻花瓣一起在大池上飄盪。

走著走著，來到幾棵大樹腳下的小空地，一個老先生架起畫架，認真作畫，旁邊還有幾幅已經完成的作品，他不時停下來看看改改，完全沉浸在自己的

畫畫世界之中，沒有察覺旁邊經過的人群。

兔子阿姨十分敬佩這些在街頭舞臺表演的人，除了在隅田公園演奏的樂隊、入園時那個說故事的女生，和池邊這個畫畫的老先生之外，我注意到車站的大廳，購票處的旁邊，或是等車的座位附近，有時候會有一些美美的插花作品，讓經過的旅客欣賞，旁邊會有小小的說明牌，寫著插花人的姓名。我總會站在盆花前面，想像著是怎樣的一位日本女士，文靜溫婉的跪坐在大茶几面前，仔細用心的插出這盆花，然後小心翼翼的送到車站這個展示空間來。她是否也會在家裡想像著，有什麼樣的旅客佇足停留，欣賞她的作品呢？還有，記得第一天到目黑川賞夜櫻，因為還沒盛開，後來在白天又去了一次。我發現在河邊的欄杆上，掛了不少當地學生的作品，一二年級小朋友的圖畫，和國中學生的俳句。哈，兔子阿姨的想像又來了，彷彿看見學生們在教室努力創作，爭取在櫻花季舞臺表現的機會。

親愛的小兔子們呀，秋天的變色葉和春天盛開的花朵，不也是大自然美麗的作品嗎？如果是你，你會爭取在街頭舞臺演出的機會嗎？你喜歡像樂隊那樣的團體演出？還是年輕女孩那樣的單打獨鬥？還是插花女士那樣呈現作品就好呢？

04 看書的小女孩

親愛的小兔子們，你在搭捷運、坐公車的時候，都在做些什麼事情呢？跟爸爸媽媽一起去郊外看山看水看風景的時候，背包裡帶一些吃的玩的之外，你還會帶些什麼東西呢？兔子阿姨來到日本好多天了，真的想念你們啊，所以特別注意路上遇見的小朋友，這天，我遇見一位特別的女孩喔。

一早我們就準備到千鳥之淵、北之丸公園賞櫻。出門的時候，天空下著毛毛細雨，等我們走出車站，雨絲變粗，已經非撐傘不可了。不過下雨並沒有阻止賞櫻人潮，打傘也要看花的人還是很多，只是苦了交通指揮的工作人員，冒雨為大家服務。

千鳥之淵其實是條護城河，兩旁斜坡大概有兩個人高，長滿了綠草，開著藍紫色的小花。斜坡上頭就是這個季節的主角，又高又大的老櫻花樹。有些櫻花樹向護城河傾身而下，伸展一層又一層的細枝，枝頭朵朵櫻花盛開，形成了層層疊疊在河岸浮動的紅雲；有些櫻花樹轉身跟小路另一邊的同伴聯手，把花開成一道一道的拱門，連在一起變成長長的隧道。我們走在千鳥之淵旁邊的小路上，抬頭往上看，低頭往下看，全都是粉紅色的櫻花。這世界，成了一片粉紅色！

微微風來，有些櫻花落了，輕輕打在雨傘頂上，我還以為雨珠也是粉紅色的。不知道是哪個詩意的人，撿起落花在溼淋淋的大石頭上，排出一個滿溢的愛心，引來人群等著拍照。雨勢漸漸變小，排列在水面上的小船上，有工作人員忙著把積水舀出來，長長的一排人龍，已經等在船場入口，想要乘船划槳融入櫻花的世界。

經過千鳥之淵的震撼，北之丸公園就不以櫻花取勝了。讓我們流連最久的是，林間大樹腳下的那一片紫。一株一株的小草花，柔弱的莖大概有半個人高，巴掌大稍稍長形的葉子，一端包住了莖，另一端帶著雨珠不斷的點頭；一片接一片互生的綠葉來到末端，變成一長串花苞，有些花朵已經盛開，四片藍紫色的花瓣，包圍著亮黃的花心，在細長的花柄上探出頭來，有些還沒開放，像是一粒粒長形的小球。這樣的小草花，互相扶持，在大樹腳下形成一片紫色的海洋，隨著輕風細雨款款擺動。穿著各色外套的遊客，像是一群群撐傘的熱帶魚，在細雨中游進了紫色海，擺出各種各樣的姿勢拍照，留下美麗的回憶。

當然，公園裡還是有櫻花樹的。它們就站在草地和水池交接的那一頭，沿著水岸長長一排。我坐在草地這頭的亭子裡，遠看那排盛開的櫻花樹下，鋪著野餐墊賞花的人們。雨勢已經停歇，淡灰色的天空下，有一抹長長的粉紅，倒映在靜靜的水面上，也是一抹淡淡粉紅。還有一棵葉子已落光的榆樹，在水邊凝視自己池上的影子。

就是這個時候，有一家人走進亭子來了。爸爸媽媽帶著一個小女孩和一個小男孩，他們先坐在兔子阿姨旁邊那張長凳上，放下背包拿出餐點，邊吃東西邊輕聲聊天。不久，爸爸媽媽帶著弟弟向草地走去，留下女孩坐在長凳上。我雖然聽不懂日語，但可以感受到爸媽和弟弟要去水邊逛逛，女孩搖搖手，留下來了。然後，她從背包裡拿出一本厚厚的書來，認真的看了起來。我雖然看不懂日文，但是可以肯定那不是教科書。其實，兔子阿姨很想知道，小女孩看的是什麼故事，但我是語言不通的陌生人，她的爸爸媽媽又不在身邊，不想嚇到她，只能打消問話的念頭。說真的，兔子阿姨好像看到小時候的自己，我也是這麼愛看書的小孩呢！

其實，在日本這些時間，坐在交通工具上，常常會看到利用時間、認真看書的人。有時候是老先生老太太，有時候是中年上班族，有時候是坐在位置上，有時候是拉著車上吊環，他們打開書本，進入自己的世界。好奇的兔子阿姨，沒辦法知道他們看什麼書，因為那些書大都穿著書衣啊。

親愛的小兔子們，在北之丸公園遇見的這個女孩，在賞花人群中認真看書的身影，一直一直留在我的腦海中。其實，那天沒多久，她的爸爸媽媽就回來帶她離開了。兔子阿姨看她細心的把書收回背包裡，心裡默默的祝福她，越讀越快樂！

05

旅行的目的

要去小金井公園的這天，我們一早就起來，到一樓用餐區吃早餐。已經在這間旅社住七天了，熟門熟路的兔子阿姨，一邊用餐一邊觀察進進出出的旅客。昨天回來遇見的那一大群，穿著制服在櫃臺前辦理入住手續的學生，不少人也在這個時候下樓來用餐。這些穿著制服的大孩子們，讓我想起了自己還是學生的時候那一趟的環島旅行。一臺遊覽車，載著兩個班級的學生，從北到南，由西到東，在十一月的小陽春，花了十一天的時間，真正腳踏實地的了解我們土生土長的家園。那是我第一次這麼長時間的旅行，花蓮、臺東、墾丁、屏東、臺南、臺中，甚至北部的中正紀念堂和野柳女王頭，都是第一次到訪。對我來說，那一次旅行是一次學習之旅，開始認識書本之外的寶島臺灣。不知道這天早上一起用餐的這些學生們，旅行的目的是什麼呢？而我，現在旅行的目的又是什麼呢？

微微細雨中出門，來到小金井公園，小雨已經停了，留下遍布地面上的小水窪。小金井公園其實很大，入口道路右邊的草地上，佇立好幾棵高聳的櫻花樹，滿開的花期已過，雨後輕風吹來，粉紅花瓣像雨一樣飄落。哦！不是像雨，雨珠太沉，掉下來的速度又快又急；雨絲又太細，落下的姿態不夠優美，像什麼一樣的飄落呢？

啊，是雪，粉紅花瓣像雪花一樣輕輕、緩緩飄落。想來這就是傳說中的櫻吹雪了。

兔子阿姨在櫻花樹下東想西想的時候，其他人已經走向一間大型建築物前面的小廣場了，我趕緊快步跟上來。廣場兩側的老櫻花樹，十分親民。它們不像入口的同伴往高處長，而是橫向伸展花枝，盛開的花朵，就在賞花人的眼前、身邊，樂得大家在花叢裡鑽進鑽出。更棒的是，花樹下設有長椅、石桌和小凳子，看書、野餐、聊天還是發呆都很方便。

來到建築物的門口，發現它是江戶東京博物館的分館，稱為江戶東京建築園。大廳裡的販賣部販售紀念品，旁邊還有個小小的圖書館，提供參觀者一個安靜舒適的看書空間。可惜兔子阿姨不懂日文，只好繞到隔壁掛滿圖片的房間。哎呀呀，這回來到寶庫了！牆上這些照片和表格，介紹了好多兔子阿姨不曉得的知識呢。就拿眼前這張來說吧，介紹了小金井公園種植的二十二種不同品種的櫻花，不但有照片配合，還說明了何時開花，種在公園何處，加上在公園內櫻花旁的告示牌，真是清楚明白。兔子阿姨知道了，櫻花只是總稱，我們臺灣常見的顏色比較紅的有山櫻、寒緋櫻；這一陣子在日本看到盛開的染井吉野櫻、枝垂櫻之外，還有白雪、關山櫻、紅枝垂……哎呀呀，還有一種叫做楊貴妃的櫻花呀！親愛的小兔子啊，不是兔子阿姨的日文突然厲害起來，是這些說明有部分使用漢字啦。

上了免費的櫻花分類課，接下來買票進入建築園裡面參觀，終於了解建築園名稱的由來。裡面有日本名人住過的房子，首相、建築家那些氣派有特色的住宅之外，兔子阿姨最感動的是，平民老百姓的店鋪老街都留下來了。藥材行、醬油鋪、照像館、文具行、溫泉池，還有消防署的瞭望臺和老式的公車和火車。走在這個建築園裡，彷彿穿過時光隧道，來到了老日本的時代。本來以為是現代人做出來的懷舊建築，後來才知道，都是真正的老房子。它們本來站在不同的區域，面臨拆掉改建的命運時，被完整的移到這裡來保存。天哪！這種做法真的打動兔子阿姨的心了。我好想念小時候那棟木造的兩層樓房，好想念媽媽從樓上走下木板樓梯時，咚咚咚咚的腳

步聲；我好想念那間窗戶特別大的教室，想念踩在吱吱叫的木頭講臺上，伸直右手拿粉筆寫字的綠色黑板。如果這些都留在建築博物館裡，該有多好呀！旅行，能讓我們見識到處理事情的不同方法呢。

傍晚，我們從另一個出入口離開小金井公園，那裡有兩排盛開的紅枝垂，紅色的花朵在下垂的枝條上，隨著晚風飛舞。兔子阿姨在那裡，遇見一隻非常和善的黃金獵犬，獲得主人的同意之後，我跟牠拍了一張笑咪咪的合照。就在這個時候，那在心裡縈繞一整天的問題，終於有答案了。對我來說，旅行的目的就是，學習用不同的方法看待事情，期待遇見新鮮美好的人事物啊！

05 旅行的目的

06 櫻吹雪

日本民俗諺語有一句「櫻花七日」，說的是一朵櫻花綻放的過程，從花瓣開啟到盛放，再到凋零飄落，只有七天的時間。至於整棵樹從第一朵花開，到最後一朵凋零，全程大約是半個月。我們來到東京賞櫻，已經十天了，周圍景點的櫻花，大部分過了燦爛滿開的時間點，接下來追逐花神的腳步移動，來到了千葉縣。

早上坐在旅社大廳吃早餐，高腳餐桌椅對著一整面玻璃牆，隔開淅瀝淅瀝的春雨，看著撐傘走過櫻花樹下的上班族，把淺淺的、若有似無的腳印，留在鋪著粉色花瓣的人行道上，還有不斷落下的花瓣，飄呀飄的停在傘面上，思考著要不要出去走一走呢？大家討論的結果是，當然要去呀，我們都是撐傘也要賞花的人，何況雨中的櫻花，別有一番風情哪！

沿著圳溝旁的鐵欄杆，有一排盛開的櫻花樹，間隔三、四棵櫻花樹，就有一座圓形的水泥大柱子，這些大柱子撐起半空中的電車軌道，不時會有電車開過。在這樣繁忙的都市中，有這樣美麗的行道樹，感覺櫻花就在人們的生活裡。背上背包推開旅社的大門，打傘走進細雨中，我們開始這天的賞花行程。

根據小真叔叔的資料，從車站出來到千葉公園，還有一大段路要走。我們不怕走遠路，怕的是走錯方向，不但到不了目的地，還會越走越遠。所以發現一直沒有看到資料上的路標時，就趕緊開始問路。兩個高中女生不知道是不明白我們的問題，還是我們不了解她們的答案，比手畫腳一陣子，還是解決不了。謝過女孩之後，我們遇見一位腳步匆匆的太太。因為路上人不多，我們硬著頭皮把她攔下來，她應該是知道我們想去千葉公園了，但是我們不懂她指點的話，還是沒用！後來她往前走一小段路，招手要我們跟她一起走。想來我們跟她會同路一段，等要岔路的時候，再想辦法了。於是這位太太當路隊長，我們乖乖跟在她後面向前走。過馬路時，她還真的衝到路中間，像導護老師一樣伸出兩隻手臂，攔下車子，讓我們這群外來客安全過去。

兔子阿姨心中除了感謝之外，還有一點擔心，等熱心的太太回家時，我們能不能聽懂她的指引，自己找到千葉公園呢？走著走著，咦，竟然來到公園門口了。熱心的太太指指大門，再跟我們揮揮手，轉身朝來的那條路走了。原來，她特別帶我們過來的呀！

帶著滿滿的感激心情，我們進入小巧精緻的千葉公園。一條遊園小路順著小湖繞一圈，染井吉野櫻和枝垂櫻間隔點綴湖邊，幾間亭子讓我們停下來歇歇腿，還可以看看軌道設在車廂頂的彩繪電車通過。可能不是假日的關係，公園裡的人不多，湖心的小船優閒的隨著水波上上下下，一群水鳥在船邊嬉戲。我們繞著公園走一圈還不夠，興致勃勃的開始第二圈。就在轉角的兩棵大樟樹之間，一陣風帶著片片粉紅色的雪花撲來，從腳邊纏繞而上，牽動髮梢再揚長而去。

是櫻吹雪啊！大家激動得叫出聲來，因為這回的吹雪跟前幾次遇見的，又有不同。前幾次的吹雪較為靜態，櫻花花瓣靜靜落下，或是伴著雨絲，悄悄落下；這次吹雪動態十足，隨著清風飄飄而來，又隨清風速速遠颺，拿起相機才要轉成錄影模式，吹雪已經停了。果然，美好的事物不久長呀！

後來，在山形的一個小公園裡，我們又幸運的遇見這種動態的

櫻吹雪。山丘上的公園頂，長滿青苔的老城牆圈出來一片草地，大概有一圈兩百公尺跑道的操場那麼大。這頭好多棵老櫻花樹，滿開見頃，腳下好似鋪了一條粉紅色的地毯，毯子上點綴著青綠色的小草。花毯子上有一張石板椅子，上面也是片片櫻花瓣，樹上還有花瓣不斷不斷掉下來。兔子阿姨站在椅子旁邊，捨不得坐下破壞美麗的畫面，轉身看另外那頭的櫻花樹，也是飄飄而下的櫻吹雪。然後，風來了！帶著櫻花瓣從那頭吹向這頭。風呼呼的一直吹，花瓣片片的一直來，我伸手想要抓住一兩瓣，抓空了好幾次才成功。攤開手掌，想看看這不會融化的粉紅色雪花，一不小心它又隨風飛走了。

算了，就是留下花瓣，也留不住粉嫩的色澤，就是夾在書頁裡，最後還是一抹黯黃。是的，櫻花七日，過了這美好的七天，就要等來年了。櫻花七日，美好的事物總是短暫，要好好的把握啊！

07 櫻染櫻湯櫻花漬

這一陣子，生活中天天有櫻花，從夜探目黑川看了含苞的櫻花開始，看著花開五分，花開八分，到櫻花滿開，再到處處櫻花吹雪，只剩滿地落英；從到處都有的染井吉野櫻，看到枝垂櫻，看到紅枝垂，看到紅枝垂八重櫻，看到八重櫻，看到關山櫻。看了這麼多的櫻花，這回兔子阿姨要說的不光只是看而已，櫻花還可以穿，可以喝，可以吃呀！

還記得六義園那棵老先覺的老櫻花樹嗎？就在它旁邊，有一個小小的市集，其中一個攤位，掛著大大的櫻染兩個字，吸引兔子阿姨看花之餘，走上前去一探究竟。天藍色的帳篷底下，掛了衣服、披肩和圍巾，全都是深深淺淺的、優雅的粉紅色。因為語言不通，兔子阿姨一肚子的問題，沒辦法問一旁對著我微微笑的老闆娘，還好他們早有準備，旁邊有一張海報，照片配英文，簡單說明櫻染的過程。原來，櫻染用的可不是櫻花喔，是在修剪櫻花樹的時候，把剪下來的枝條，劈成小塊，放進水裡熬煮成染液，再把布料放進染液裡浸泡或是熬煮，最後再晾乾。這是一種專門的技術，過程當中會有一些訣竅、技法和特別的用料，兔子阿姨看懂大概的作法就好，主要是欣賞成品，真的好喜歡櫻染染出來的顏色啊。

另一次美好的相遇，是在小金井公園裡的江戶東京建築園。阿牛叔叔忙著在櫻花樹下寫生，我一個人買了票進入建築園參觀。看過名人住家，走過古老街道，我來到一間農舍前面。大門上掛著一塊小木牌，上面用毛筆寫了兩個字：櫻湯。我在門外探頭看看，不知道該不該進去。裡面有兩位穿著藍色制服的工作人員，一個老奶奶，一個老爺爺，全都滿臉笑容的跟我招招手。要不要進去呢？我還在猶豫的時候，一個抱著娃娃的媽媽跨過門檻進去了。兔子阿姨二話不說跟著走進去。

脫掉鞋子走上塌塌米，來到廚房的一角。矮桌旁邊的小火坑，炭火燒得正旺，魚型大掛鉤上，吊著一只大茶壺，壺嘴噗噗、噗噗冒著熱氣。老爺爺顧炭火，老奶奶拿著竹筒勺子忙泡茶。抱著娃娃的媽媽把孩子放下，我們三個人跪坐在圓圓的草編墊子上，等待一杯暖暖的櫻湯。

「どうぞ。」

老奶奶在每個人面前，放了一個圓圓的小茶杯，輕聲說了一句請用。我用雙手捧起杯子，一股暖意從手掌傳到心裡。杯子裡有七分滿清淡無色的茶水，裡面有一朵盛開的八重櫻。原來櫻湯指的是櫻花茶呀！小小抿一口，淡淡的帶著一點點鹹味。看一下旁邊寫的製作過程，因為要保存久一點，櫻花有加鹽巴處理，所以喝到的是鹽巴的味道。想來，這櫻湯喝的是氣氛哪！

第三次意想不到的相遇，在鬼怒川溫泉飯店的餐桌上。這是一間座落在峽谷邊的飯店，我們房間外的小露臺，就可以看到氣勢磅礴的峽谷，和底下滔滔不絕的河水。我們在這裡住了兩天一夜，飯店提供第一天的晚餐和第二天早餐。第一天泡過舒服的溫泉，我們就到大廳去享用晚餐。來到日本已經有一陣子，兔子阿姨發現這裡的人，吃飯總有一些醃漬的配菜，蘿蔔、小黃瓜、茄子、白菜和梅子，還有其他一些我不認識的蔬菜，都可以做成漬物，增進食欲，聽說因為發酵產生酵母菌的關係，對人體的健康也有幫助。只是，兔子阿姨對這些醃菜漬物的顏色，有一些害怕。這麼鮮豔的顏色，會是自然的嗎？綠色的小黃瓜，正常；可是早上的小黃瓜切片竟然是紫色的！更奇怪的是蘿蔔，白蘿蔔正常；餐桌上竟然有醬黃色的蘿蔔片，好吧，是加了醬油和糖的關係，也算正常；可是，那美麗的亮黃色、漂亮的紫紅色又是怎麼回事呢？我決定選正常的來吃就好，反正還有很多其他菜色，不怕吃不飽的。

好奇的兔子阿姨回到房間，馬上上網研究日本漬物，一查才知道，

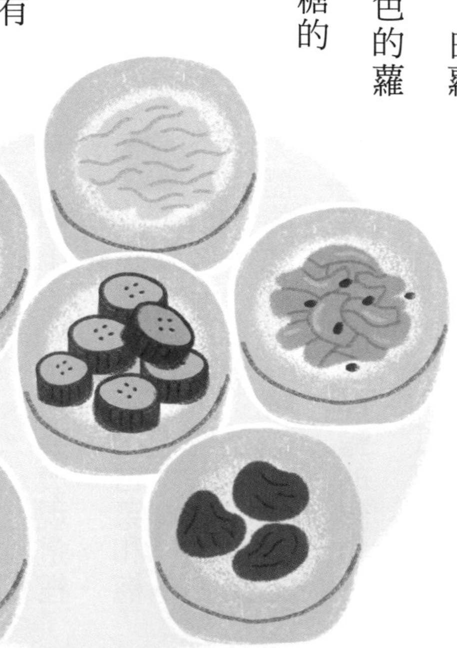

日本人對於醃漬蔬菜的方法，有很長久的歷史，也有很多技術。我發現醬黃色的蘿蔔，是使用米糠醃的，亮黃色的蘿蔔是現代人用薑黃粉醃的，紫紅色的蘿蔔，有兩種東西可以做出這樣的效果，就是紫蘇葉汁和櫻花。哎呀呀，全都是天然的材料啊，我馬上就決定，第二天早上要好好嚐一嚐這些色澤美麗的醃菜漬物了。

這一陣子，真的天天遇見櫻花，都市裡的行道樹是櫻花，公園裡有櫻花，鄉下地方的山上水邊也都是櫻花，現在連穿的喝的吃的都有櫻花的蹤影，所以後來兔子阿姨在超市裡看見一包一包粉紅色的麵條，就一點都不覺得吃驚啦！

08 阿牛叔叔的獎品

阿牛叔叔是個非常認真的旅人，他的隨身背包裡面，除了跟大家一樣的簡便雨衣、雨傘、保溫水瓶和保暖衣物之外，一定還有畫紙、顏料、鉛筆、水彩筆和一個裝了水的小小密封罐。只要眼前出現感動他的畫面，他就會把工具拿出來開始寫生畫畫。這時候，我們就會把隨身背包堆在他的身旁，一身輕鬆的逛風景去了。阿牛叔叔寫生還有個特色，就是邊畫邊跟旁觀的人聊聊天，所以常常兔子阿姨回來找他時，旁邊都會有不少觀眾。

在東京的第三天，我們來到新宿御苑，穿過大草坪賞櫻區的人潮，阿牛叔叔在兩排光禿禿的法國梧桐樹下，看上一張長木條靠背椅，他拿出畫具開始寫生，要用蕭瑟的梧桐對照盛開的櫻花。我放下背包，走向湖區繁花錦簇的櫻花樹。低垂的花枝下，有三四個穿著白紗公主裝的小女孩，高高興興的撿起落花玩家家酒。旁邊一圈遊客被櫻花和女孩吸引，忙著攝取最美畫面。兔子阿姨站了一下，繼續向前來到湖邊，繞著小湖走一圈，數過盛開的櫻花樹，回到梧桐樹下時，阿牛叔叔身邊已經圍了一圈人了。有推著嬰兒車的媽媽，抱著娃娃的媽媽，拿著相機的遊客，啊，還有剛剛那幾個白紗小公主，大家笑嘻嘻的看著阿牛叔叔作畫，不時發出啊啊的驚嘆聲。果然圖畫可以超越語言不通的障礙，讓人們一同欣賞美的事物啊！

在小金井公園的花樹下，北之丸公園的亭子裡，千葉泉自然公園的圓桌上，烏帽子公園的長椅上和河口湖寒風凜冽的堤防上，阿牛叔叔無處不能畫畫，他真是非常認真的愛畫畫的旅人。兔子阿姨很粗心，高高興興的欣賞畫作，頂多口頭上稱讚阿牛叔叔好棒，從沒想到要頒獎鼓勵他。還好在喜多方的賞櫻步道旁，有兩位年紀比兔子阿姨大一點的日本媽媽，頒獎給阿牛叔叔啦！

早就聽說，喜多方的賞櫻步道十分壯觀，它由停駛的鐵道變身而成，三公里長的步道，種了一千棵左右的紅枝垂八重櫻，盛開的時候就像亮粉紅色的瀑布從天而降。紅枝垂八重櫻？好長的名字呀，一定要去看看是什麼樣的花啦。

陽光很好的一天，我們跟不少遊客一起走出車站，走過外觀裝潢美麗的餐廳，走過農產品特賣中心，我們跟在地人一起穿過馬路，來到櫻花步道的起點。原來紅枝垂八重櫻，就是顏色較紅的枝垂櫻，單朵的花是重瓣花，不像染井吉野櫻粉白的花色，一輪五片花瓣而已。這條粉紅色的步道，在綠色的田野上延伸，透過下垂櫻花的縫隙看出去，遠處的高山上還有靄靄的白雪。阿牛叔叔在一棵大樹的草地上，找到他最喜歡的景色，決定要坐下來開始寫生。兔子阿姨就帶著水壺，跟著人潮，沿著步道繼續向前。

雖然我還穿著毛衣、外套，不過春天真的來了呀！樹上櫻花盛開，樹下黃的、紫的、白的各色草花點綴在綠草間，一樣漂亮。越過小水溝，步道外的住家庭院，也是百花盛開，美不勝收。接近中點的地方，陳列了一個火車頭，不少人在這裡拍照。兔子阿姨走到這裡就回頭了，因為剛才看到一個小市集，想要過去看一看。

等我回到大樹下阿牛叔叔畫圖的地方，果然有一圈人圍著他看畫了。阿牛叔叔自在的抬頭看景，低頭作畫。一個戴著米黃色布帽子的太太，突然轉身跑向步道，拉著一位男士過來，只是嘴裡說的全是日語，我們也不知道什麼意思。猜測這位男士應該是她的先生，跟她一起過來看畫。用簡單英文跟阿牛叔叔講講話後，兩個人都朝阿牛叔叔豎起大拇指，然後揮揮手離開。不久，一位綠色衣服的太

太，和穿著背心的先生過來了，他們熱情的跟阿牛叔叔提出問題，阿牛叔叔也不急不徐的回應，雖然不是能夠完全理解對方，但是兔子阿姨聽得懂他們不斷重複的一級棒！好玩的是，這對夫妻在跟阿牛叔叔和兔子阿姨一起拿著畫作拍照後，太太就從斜背包裡，拿出一包紅色包裝的巧克力，一定要阿牛叔叔收下。幾次推過來推過去之後，阿牛叔叔終於收下了，兩夫妻才心滿意足的說再見。阿牛叔叔說堅持不收的話，反而壞了他們的好意。我想，他們應該是非常喜歡阿牛叔叔的畫，想要表示鼓勵的意思吧。

阿牛叔叔的畫完成了，大家也回來集合完畢，背包上肩往車站走去。來到十字路口，等待綠燈過馬路的時候，戴著米黃色布帽子的太太，過來跟阿牛叔叔打招呼，遞給他一包像米果一樣的，一粒一粒的小餅乾，再度豎起大拇指說一級棒。阿牛叔叔不好推辭，只能點頭說謝謝。看來阿牛叔叔的畫得到很大的共鳴，只是兔子阿姨忍不住的想，日本太太的背包裡，是不是都帶著幾包糖果，隨時準備鼓勵認真的人呢？

09

必吃必買必逛

從決定要到日本自助旅行開始，各種消息來源管道，一再的提醒兔子阿姨，很多一定要做、必須要做的事情。有一家拉麵店一定要去吃，把麵吃完，把湯喝掉，就可以看到碗底那一行，來日本一定要看到的字；哪一家市場的章魚燒，另一家市場的玉子燒，又另外一家市場的和菓子；還有……。有幾種電器用品一定要買，煮飯特別好吃的電鍋；吹頭髮還能順帶護髮的吹風機；全自動洗屁屁的溫水馬桶座；吸力超強的吸塵器；還有……。至於一定要去逛的地方，哪一間寺廟，哪一座高塔，哪一條步道，哪一座公園，哪一天的手作市場，更是數也數不清啦！

剛開始我覺得，這些真的都是必吃必買必逛的重點，一個都不能錯過。後來，我發現每個人的需要不同，感覺不同，標準不同，就漸漸累積出兔子阿姨自己專屬的必吃必買必逛，跟其他人不太一樣呢。

我的必吃是肚子餓了一定要吃。不管是不是網路名店，不管有沒有人排隊，只要店面乾淨整潔，價錢合理公道，我們都會進去吃吃看。如果肚子餓的時候附近沒有餐廳，超級市場的便當和熟食，也是不錯的選擇。如果荒郊野外，買不到吃的，我的背包裡總會有蘋果番茄、花生堅果和全麥雜糧麵包，這樣也是均衡的一餐。就是這樣隨遇而安的觀念，我們反而常常吃到私房美食呢！

那天我們去澀谷看小八。小八是一條忠心耿耿的秋田犬，牠的主人是個大學教授，每天傍晚小八都會到澀谷車站來，等下班的主人一起回家。後來主人生病過世，小八還是天天到澀谷車站等待，直到牠也生病去世，前前後後牠在澀谷車站等主人等了十年之久。現在澀谷車站前有一座狗狗雕像，就是紀念這隻傳奇的小八。來到澀谷，已經是中午時分，肚子餓了就找地方吃東西，吃飽了再去看小八。遠遠看見一間拉麵店，黃色招牌上大大的店名，還有一隻胖胖豬捧著一碗拉麵舔舌頭的圖樣。煮麵的櫃臺後面熱氣蒸騰，牆上貼著菜單價目表清楚明白，前面擺了幾張桌椅，剛好讓我們全數入座。沒人知道這是不是人氣名店，但是吃完大家全都豎起大拇指說好吃，雖然碗底沒有一行字，我們仍然把麵吃完，把湯喝光！

其實，這天是我的幸運日。在等待拉麵上桌的一點點時間，我瞥見對街有一間，兔子阿姨必定要去逛一逛的店面。吩咐阿牛叔叔等著我的麵，我與匆匆的過街鑽進古書店去了。日本的古書店，其實就是我們說的二手書店。這裡除了日文書，也有外文書；除了大人書，也有小孩書。我在門口的特價區，看到一本繪本，書名是英文字母組合而成，我卻完全不懂意思。不過封面上那隻暗藍色大象擁抱著的鮮紅色尖頂房子，竟然長了一大一小的兩個輪子，還有個從窗戶探頭出來的辮子女孩，伸手握住了大象的長鼻子。裡面會是怎樣的故事呢？我翻翻圖片，發現故事跟馬戲團有關，插圖有趣中帶著神祕色彩。二話不說，兔子阿姨掏錢買書。回來做了功課，發現是荷蘭語的繪本，也有英語版本，我打算找一天帶去學校，說給小兔子你們聽喔。是的，我的必買必逛就是書店！尤其是一家連鎖二手書店，兔子阿姨已經買成他們的會員啦。

還有一個必去的地方，是兔子阿姨無意間發現的。我們到日光市鬼怒川泡溫泉的時候，順道去街上走走。沿著櫻花大道來到市中心的廣場，櫻花季的活動引來不少遊客，搶著跟大人偶合照。簡單吃過午餐，我和阿牛叔叔選擇一條遊人較少的街道，返回溫泉旅社。

就在路邊兩間房子中間通道進去一點，一棟外牆是鵝黃土黃小磁磚間隔的兩層樓建築，牆上有「日光市立藤原圖書館」，九個我看得懂的字。市立圖書館欸，當然要進去看看囉。

跟工作人員點頭打過招呼，進入開架式的藏書庫，兔子阿姨發現樓下這一層是童書，有外國語繪本，戰爭的故事，恐怖故事，民間故事，還有好多好多紙芝居！小兔子們哪，還記得紙芝居嗎？有幾次兔子阿姨講故事的時候，提了一個開了兩扇大門的木箱子，裡面裝了好多張圖片，邊講故事邊抽出圖片，這樣你們可以一邊聽故事，一邊看圖片，有點看手動電視機的感覺。大家都覺得好好玩喔，有沒有？我隨便抽出一本來，竟然是一寸法師的故事，看過之後也可以說給你們聽啦。

出門旅行，到底有什麼是必吃必買必逛的呢？小兔子們哪，別人說的，兔子阿姨寫的，都是給你們參考用的，期待你們累積出自己的必吃必買必逛喔！

10 越貴越美麗

四月賞櫻五月看藤花，陽光晴好的五月初，我們到足利花園看紫藤。這個賞藤花鼎鼎大名的花園，需要買票入場，票價卻是不同的月份就不一樣，甚至同一個月的票價是浮動的，要真正來到售票口，看園方貼出的票價是多少而定。一年當中最貴的時段，落在四月中旬到五月中旬之間，一張成人票要日幣九百到一千七百之間，換算成我們的新台幣，大概就是兩百五十元到五百元之間，中間的差距不小，人數一多的話，貴和便宜之間就差更多了。

依照正常的消費習慣，大家應該會抓緊低價的時候入園，但是足利花園是個例外。看到當天票價不高，有人可能會調整行程改天再來，要是買到最高票價日幣一千七百元，大家反而充滿期待，高興得不得了！因為園方的票價，是依照花開的情況訂定，花開得越多越盛，票價就越高，就是說買到高票價，表示花開好了，等著遊客來欣賞。足利花園是個越貴越美麗的花園啊！

我們來到足利花園的這一天，天氣很好，從車站出來走到花園的路上，遊客很多，多到人龍尾巴離花園入口大概有好幾百公尺長。人多加上太陽熱，走著走著竟然有點浮躁起來，真不知道自己為什麼要來湊這種熱鬧！經過十字路口，左彎轉進樹蔭下，仍然見不到花園大門，卻聞到了一股以前沒有聞過的香味，讓腦子清醒不少。這味道，應該是花的香味，卻不知道是哪一種植物。走在前頭的領隊小真叔叔，是第二次來到這裡，他跟大家說，這是紫藤花的香味呀！到底是怎樣的花，味道能夠傳到這麼遠的地方來呢？到底是怎樣的花，能吸引這麼多的人來看它呢？到底是怎樣的花，能讓人看一次還不夠，再度坐飛機來看它呢？

終於走到花園大門口，除了從火車站走過來的一大票遊客之外，停車場上幾十臺遊覽車，也是載客人來賞花的呀！趕緊跟在買票人龍的尾巴，排好隊伍去買票。多少錢呢？從窗口打探消息回來的領隊說，一千七百塊日幣。大家異口同聲歡呼起來，我們買到最貴的票，表示我們抓到紫藤開得最美的時候啦！

走進花園，總算知道百花盛開這句話的真正含意。抬頭往上看是花，低頭往下看是花，由右到左，由左到右，轉一圈也都是花。百花指的不是一百朵花，而是一百種花呀！紅的、黃的、藍的、紫的；粉紅的、亮橘的，金黃的，淡紫的；哇！還有漸層的，斑點的，渲染的各色花朵；單瓣的，重瓣的，圓瓣的，尖瓣的；筒狀的，脣狀的，蝶形的，荷包形的、喇叭形的各式花朵，在園藝師傅的巧手安排組合下，有時候是一堵花牆，有時候是一座花環，有時候是一道花廊，還有時候是一圈疊上一圈的大型花蛋糕，在這廣大不見邊際的園子裡，眾多遊客看得瞠目結舌，讚嘆不已！

當然主角還是紫藤。園區裡處處都是紫藤，比人還高的樹上，葉子不多，卻是掛滿一串串比大人手臂還長的藤花。單單一朵花的形狀，像是一隻拇指大的蝴蝶，一串花上有數不清的蝴蝶，越上面的翅膀張得越開，垂到下面的是花苞，還在等待開放。所以只看一串花朵，越上面的顏色越濃越深，尾端比較稀疏；遠看整棵樹時，那就不得了了，數不清的串串花朵，像是陽光下噴泉噴出的串串水珠；像是夜空中炸開的絲絲煙火。花園裡處處是這樣盛開的紫藤啊！

說是紫藤，其時有好幾種顏色。這陣子盛開的是紫色和白色，聽說粉紅色是最早開的，我們只看到稀稀疏疏的花莖了；還聽說最

慢開的是黃色，我們只看到點點的花苞。不過主角中的主角，還是兔子阿姨接下來要介紹的這三棵老先覺啦。

第一棵是大藤，粗壯的樹幹大概要五、六個人環抱，在大約兩個人高的地方開始分岔，覆蓋的面積應該有三間教室寬，園方用木頭架子幫它撐了起來，在這麼大的面積中，全都是串串紫色的的花朵。整個範圍有木頭柵欄，把遊客隔開，大家只能在欄杆旁觀賞拍照。我覺得這樣的保護是絕對有必要的，它可是一百多歲的美人哪！第二棵是大長藤。它的高度、範圍和花串數目，不會輸給大藤，但是花串長度更長，紫色稍稍淡些，單朵蝶花稍稍小些，感覺上多了一股靈氣，更加飄逸一些。第三棵是八重藤。它跟前兩棵一樣壯觀，不同的是它是重瓣花，單朵小花不是輕巧的蝴蝶，反而像是一粒粒碩大的葡萄，多了一種濃豔的美麗。我們在三棵大紫藤之間繞了又繞，看了又看，捨不得離開。一直等到晚上開了燈，它們又有另一種風情了。燈光下串串紫藤花，亮晶晶的好像也會發光，加上夜色剛臨的藍天襯底，和旁邊池水倒映，這光景，就是瓊樓玉宇的寫照啊！

兔子阿姨終於明白，到底是怎樣的花，味道能夠傳到那麼遠的地方去；到底是怎樣的花，能吸引這麼多的人來看它；到底是怎樣的花，能讓人看一次還不夠，再度坐飛機來看它！我們心甘情願的付出較高的票價，欣賞百年紫藤的盛開，這越貴越美麗的盛宴，讓人畢生難忘！

11 風中飛舞的鯉魚旗

這一次旅行，主要的交通工具是公車、地下鐵、高速巴士、火車和新幹線。當車子在路上跑的時候，我總喜歡看看外面的風景、遠處的山和水，近處的花草樹木，還有遠處和近處之間的房舍和田野。在這些風景當中，我常常看到有一些住家旁邊，高高撐起一隻旗桿，上面不是白底紅太陽的日本國旗，而是長條形的，三、四甚至五條長帶子一樣，色彩豐富的旗幟，在風中飄揚，像是一群魚，在天空中游盪。那是什麼旗子啊？它有什麼特別的意義嗎？我心裡一直有著這樣的疑問。

這一天，我們到茨城的海濱公園看粉蝶花。不知道為什麼，我第一次聽到粉蝶花這個名字的時候，直覺的以為它是粉紅色。當我們坐上免費的接駁公車，來到公園入口，買了門票，跟一大群興致勃勃的賞花人向前走的時候，我還是以為我會看見粉紅色的粉蝶花。這個公園很大，樹很高，晴空萬里、豔陽高照的情況下，卻沒什麼人走到樹下去，大家都腳步匆匆的向前走、走、走。到底前面的粉蝶花，有什麼魔力，讓公園裡應該優閒散步的人們這樣行色匆匆呢？

轉個彎，我發現人龍前端，路的盡頭那裡，有一座藍色的小山丘。山丘右方被一片樹林遮擋，不知道綿延多長，只見人龍到了那

裡，就疏散不見。一般山丘長滿青草，應該是綠色才對；要是草長不好，露出土來，那就是土黃色吧？也有深色一點的泥土，土灰色、咖啡色或是黑褐色？從來沒見過藍色的泥土呀，這山丘怎麼是藍色的呢？走著，走著，越走越近，看得越來越清楚，那藍色，不是泥土不是草，是花，滿山遍野全都是深深淺淺的藍色，藍色的小花！

原來，粉蝶花是藍色的呀。近看小花，五片花瓣是亮眼的藍色，中心這端變成白色，合成一朵花的時候，連成藍花白心，細細的花蕊頂端點著黑色的花藥，這是一朵很美的小花。遠看粉蝶花，那真是不得了！一朵接一朵，一株靠一株，細細密密，鋪滿連綿的山丘。站在山腳下往上看，藍色花海連接藍天白雲，山丘頂上那些小小的人影，好像連成一線的螞蟻，行走在廣闊的海天之際。

等我也爬上山丘，向下俯瞰藍海的時候，一隻高高的旗竿印入眼簾，上面有五條長彩帶一樣的魚形旗幟，隨風擺盪。它就插在花海邊，那棟仿古的日本農家建築前面。下了山丘，來到旗子前面，仔細看看，上面還真的畫上了鯉魚圖形呢。上面一黑一紅的兩條鯉魚體型較大，下面藍綠、紅、黃三條的體型較小，感覺上是爸爸媽媽帶著小孩來看花呀，不知道我的猜測對不對？

又有一天，我們特別來到田澤湖一帶的刺卷溼地，欣賞水芭蕉和片栗花。大家被溼地上那一大片綠葉白花的水芭蕉吸引，小心翼翼的走上架在溼地裡的木棧道，蹲下來看花。水芭蕉的花，跟我以前在陽明山看的海芋，有點像又不太像。水芭蕉的花莖短一點，白色的佛焰苞片，下端粘著花莖，上面放開，映襯著真正的肉穗花序上面的小小花。棒狀的綠色花序上，點點的黃色花粉，有點像是小小的玉米棒，非常可愛。除了水芭蕉，紫色的片栗花也盛開一片，綠色手掌大的葉子間，抽出細細花莖，六片長形花瓣盛開時向後翹起來，好像是就要飛進空中的小蝴蝶。我們在木棧道上來來回回，看了片栗花又回到水芭蕉身邊，還發現了好幾朵，聽說看了運氣會很好的，暗紅色佛焰苞的特殊水芭蕉呢！

賞花盡興而回，從溼地走去車站的路上，我又發現一組在風中飛舞的鯉魚旗了。它們就站在路邊的住家院子裡一黑一紅的兩條大鯉魚，帶著一藍一綠的小鯉魚，咦？這組只有四條魚呢。

後來，旅程來到北海道最南端的函館，我們在港口蹓躂了一個下午，等待傍晚上山去看夕陽加夜景。穿過街道要去搭纜車的時候，兔子阿姨在一排房子最邊間的陽臺上，再次遇見了鯉魚旗，一黑一粉紅一青綠，三隻鯉魚在風中擺盪飛舞。這些鯉魚旗到底是怎麼回事呢？

看過紅透半邊天的夕陽，和兩個海灣上像鑽石閃耀又像星辰閃爍的夜景後，我回到旅社認真的上網做功課。原來鯉魚旗有很深的含意啊！一紅一黑的大鯉魚，真的是爸爸和媽媽；下面的藍色綠色小鯉魚，代表兒子，一個兒子一條魚。在五月份掛上鯉魚旗，期待兒子健康成長，然後像鯉魚躍龍門一樣，能夠功成名就。現代的爸爸媽媽一樣重視女兒，所以家裡有女兒的也會掛上粉紅的、黃的各色鯉魚旗，一樣期待孩子健康有成就！想來，全世界的爸爸媽媽都一樣，總是期待孩子健健康康，有個美好的將來。兔子阿姨也為小兔子們在心中掛上，那在風中飛舞的鯉魚旗喔！

12 說故事的人

我們來高畠主要的目的，是騎自行車。聽說這裡自行車道，兩側的櫻花已經盛開，燦爛的花隧道綿延六公里長，可以讓我們腳踩雙輪，追風馳騁，開懷賞花。拉著行李在高畠車站下車，最先看到的是站在大門兩側，那兩隻比人還高的鬼怪！頭上兩隻犄角的紅鬼，穿著藍底白線條的裙子，右手拿著木牌，高舉左手打招呼；單角的藍鬼，穿的是綠底白線條的裙子，張開雙臂，表示歡迎。這兩隻鬼都滿臉笑容，大嘴裡露出尖尖的白牙齒，卻一點都不可怕。只是，為什麼會派出這兩隻紅鬼和藍鬼來歡迎客人呢？算了，暫時把鬼怪放一邊，先找到站裡的工作人員，我們要寄放行李租腳踏車，趁著溫暖的春日太陽，追風賞花去了。

腳踏車道穿過休耕的田野，除了頭頂上的櫻花之外，腳邊也是各色花朵盛開。每隔一段距離，路旁就會有供人休憩的桌椅，設想十分周到。跟其他遊人如織的景點不同，這裡久久才會看見一位溜狗的大叔，或是推著嬰兒車的年輕媽媽，感覺上這藍藍的天，綠綠的地，微微的風，這美麗的櫻花隧道，這花朵盛開的美景，這廣袤的原野，這遙遙的遠山，全都是為我們六個人準備的呀！

為了尋找洗手間，兔子阿姨來到一群高中生參觀的紀念館，不經意的發現，我來到寶山了！這裡是有「日本安徒生」之稱的濱田廣介的紀念館，最愛聽故事、看故事、講故事的兔子阿姨，當然要好好的參觀一下囉。認真仔細的了解濱田廣介先生後，我知道為什麼紅鬼和藍鬼，會站在車站大門歡迎客人來到高畠了。濱田廣介是在

這裡出生的童話作家，他寫了一個叫做《哭泣的紅鬼》的故事。故事裡面的兩個主角，就是紅鬼和藍鬼。應該是家鄉的人很喜歡這個故事，以寫出這個故事的濱田廣介先生為傲，才會為他設立紀念館，把他的故事主角介紹給客人吧！兔子阿姨在紀念館裡看到拍成動畫的紅鬼和藍鬼，心裡非常感動，決定下次給小兔子們說故事的時候，就講《哭泣的紅鬼》啦！

隔天我們到盛岡地方裁判所，看一棵三百多歲將近四百歲的老櫻花樹。特別來看它，是因為身高十公尺比兩層樓還高一點的它，長在一個非常奇特的地方。那是一個很大很大的大石頭，中間有個裂縫，這棵櫻花樹就從裂縫裡長出來，號稱「石割櫻」。就是想來看看這棵擁有強大力量，可以割開石頭；卻又能開出柔美櫻花的老樹，是怎樣把兩種特質融合在一起的。只是，坐上公車前往地方裁判所之前，公車先來到一站叫做材木町的地方。材木町？當我知道這一站叫做材木町的時候，急忙拉起阿牛叔叔的手，跟在前面一位乘客後頭，匆匆下車。因為昨天晚上看到的旅遊資訊，材木町是著名的「宮澤賢治之街」啊！

宮澤賢治有「日本兒童文學之父」的美稱，兔子阿姨最喜歡他寫的一篇故事，叫做《注文很多的西餐廳》。寫的是兩個獵人在森林裡打獵，肚子餓了找東西吃，來到一家要求很多的西餐廳，要他們把身上所有金屬配件拿下來，要他們把臉洗乾淨，尤其是耳朵後面平常沒洗到的地方，還要……。要求真的很多很奇怪，結果是怎麼一回事呢？當然要等我去學校再跟你們說囉。重要的是，這材木町的光原社正是當年出版這本書的所在地，現在有許多宮澤賢治的手稿在這裡展示，這是一定要去看的呀！

於是兔子阿姨在這裡跟宮澤賢治的銅像合照，看了他的手稿，欣賞陳列室旁邊小小的庭園造景，最後在中津川畔，遙想當年宮澤賢治先生也在河邊散步的景況。完完全全過足了書迷的癮之後，再度搭上巴士去看石割櫻囉。

第三個說故事的人，是在河口湖不期而遇的。她躲藏在一隻大眼睛尖耳朵的貓咪後面，跟大家說了很多一個奇幻國度的故事。

來到河口湖，當然是為了富士山。上一次來日本，是十二月看銀杏變黃的季節，住在淺草寺附近，本來打算在新宿搭高速巴士來河口湖，但是路途太遠又沒有安排住宿，只能登上東京都廳的瞭望臺，看看遙遠的富士山。這一次，特別訂了一家河口湖畔的住宿，雖然沒有訂到前排湖景、開窗就能見山的房間，但是下樓來到庭院，一樣可以在櫻花盛開的樹縫，看到頂上積雪的富士山。

兩天一夜的時間，我們有很多時光可以消磨。第二天一早，民宿後面有個手作小市集，石頭貓咪、先染布包還有木造機車模型，我津津有味的看了兩遍後，決定順著湖邊的櫻花道散步，讓阿牛叔叔安心的描繪湖水櫻花富士山。走著走著，來到一棟城堡形的建築門前，門牌寫的是：河口湖木之花美術館，上面有一隻兩手托腮的貓咪圖像。我不知道木之花美術館，但是我認識這隻叫做達洋的貓。他和夥伴們一起住在奇幻國度瓦奇菲爾德，發生了好多很棒的故事。他是作家池田晶子筆下超酷的貓咪。買了票進入美術館，發現竟然是我一個人包場！可能是大家都被戶外的富士山美景吸走了，才讓我有機會一個人靜靜的了解，池田晶子女士創造瓦奇菲爾德的經過，隨著她的彩筆進入達洋的世界。雖然館內不能拍照，但是我在出口的扭蛋機中，扭到了一隻穿著紅鞋，圍著紅圍巾的達洋，陪我一起回家。

這一趟豐富的春花之旅，花當然是主角，但是遇見這些說故事的人，來到他們生長的環境，想像他們故事的源頭，讓我心裡有好多感觸，就讓愛講話的兔子阿姨回去說給你們聽吧！

秋葉

01 炸楓葉和烤栗子

我第一次到日本，是那年的十一月中旬。和阿牛叔叔跟他的同學小真叔叔琳琳阿姨夫妻，一起到關西地區，自助旅行賞楓一個月。

下午從桃園出發的班機，到達大阪關西機場已經天黑。填海造陸而成的海上機場，綿延不斷的跑道燈在漆黑的夜裡十分壯觀。出了機場，搭地鐵到預先訂好的飯店，在轉車的月臺邊有一家拉麵店。小小的店鋪，不少旅客進進出出。我們也鑽進店裡，跟站在門邊的機器點了餐、繳了錢，拿到一張白紙條，放在櫃臺上。我這才發現，店裡沒有桌椅，大家站在櫃臺前，邊吃麵邊看著白帽子師傅在熱氣騰騰的大鍋間忙碌。原來這就是店門口布旗子上面寫的「立呑」哪！看著櫃臺上一層一層擺得像盛開的花朵一樣的竹筷子，我知道這一個月會有許許多多新鮮好玩的事情了。

第二天一早，在飯店吃過早餐，原本要去萬博紀念公園的行程，因為小真叔叔獲得情報，萬博公園辦活動週末不收入園費，立刻跟明天星期六的行程對調，今天改去箕面公園，明天再逛萬博公園囉。

搭車來到箕面，穿過一條長長的土產街，走向為了紀念明治天皇登基百年而設立的「明治森林箕面國定公園」，先看到的不是樹上的楓葉，而是油鍋裡的楓葉！我在日式料理店吃過炸蝦天婦羅、野菜天婦羅、菇菇天婦羅和地瓜南瓜天婦羅，楓葉天婦羅還是第一次看到。兩個包著頭巾的老太太，坐在土產店裡的油鍋面前，一個人手拿筷子和一小塊長木板，在一鍋麵糊上為片片楓葉裹上麵衣，再把它們滑入油鍋；另一個人用長筷子翻動鍋裡的楓葉，等到白白的麵

衣轉成金黃浮起來，就可以起鍋了。剛炸好的楓葉天婦羅，有著五角尖尖的美麗外型，放在餐巾紙上瀝乾，吸引遊客駐足圍觀，我們也買了一些嚐嚐味道。麵衣十分酥脆，裡面的楓葉聽說用鹽漬過，但是平平淡淡，沒有特別的味道。我想，楓葉還是用看的比較美啊！真要吃的話，土產店裡那一籃一籃插著特別甘甜紙牌的栗子，更讓我心動。可惜都是生的，買了也不能現吃。

沿著溪流向前行，沿途楓樹上的葉子，有一半開始變色了。燦爛的金色陽光下，紅色、黃色、綠色，各色的楓葉在微冷的風中輕輕搖動，伴著一路吟唱的水聲，配上古樸的建築和紅色的小橋，這一路走來真是舒服。一隊一隊戴著黃色圓帽子，背著背包的小學生，男男女女，嘻嘻哈哈的超越我們向前衝。啊，我又想起了我的小兔子們，有一個月不能去給你們說故事了，我會好好記錄下旅途中的點點滴滴，與你們分享的。

迎面吹來的風中，有一股熟悉的甜味，深深吸一口，是栗子的香味呀！跟臺灣街頭的糖炒栗子不同，這裡店家賣的是烤栗子，兩個拇指合起來一樣大的栗子，入口鬆軟香甜，跟糖炒的味道沒差多少，一樣好吃！

我們來到一座古老的廟宇前面，幾座灰撲撲的石燈籠，綴著青綠色的苔蘚，站在一樹豔紅的楓葉下面，真是特別美麗！廟前的小廣場上，剛才遇見過的小學生們，這裡一群，那裡幾個的坐在野餐墊上吃午餐。兔子阿姨就愛跟小朋友們聊聊天，雖然我的日文不行，他們的英文不好，但是靠著比手畫腳，多少還是能夠了解對方一點點。徵求他們點頭同意後，我興致勃勃的觀察日本媽媽為孩子們準備的愛心餐盒，真的跟傳說中的一樣精采呀！一個小女生帶的是雙層飯盒，一盒白米飯一盒配菜。厲害的是白米飯團成圓形，用黑黑的海苔片做出了眼睛鼻子嘴巴，和一頭烏溜溜的秀髮，頭髮上還別著一個胡蘿蔔刻成的蝴蝶結髮飾！另一個男孩的餐盒裡，有四五朵花瓣形的小香腸，三個心形的玉子燒厚煎蛋，綠油油的水煮花椰菜和一些繫著白腰帶的墨綠海帶結，一整盒的彩色繽紛，讓人看了食指大動。比起他們那滿滿母愛的午餐，我們的無調味堅果加麵包蘋果，只能說填飽肚子就好了。

揮手告別幸福用餐的孩子，我們在陽光灑落楓紅片片的山道上繼續向前走。向前走，在山路轉彎的地方，遇見了一個突出的大石。這是一個有名字的大石，它叫做「唐人淚」。相傳在唐朝的時候，有貴人遠從中國來日本，想到箕面來看瀑布，結果走到這裡實在走不動了，終究沒能看到瀑布。其實，轉過這個彎沒多久，瀑布就在眼前了。

白嘩嘩的水流，從崖壁上傾洩而下，水珠濺溼了兩旁還沒轉紅的楓葉，讓人期待再過數天的美景。雖然沒有在它最美的時候相遇，瀑布腳下有一篇碑文，提供豐富的想像空間。不是我突然看懂日文

了，而是它有漢字呀！

萬珠濺沫碎秋暉　仰視懸泉劃翠微

山風作意爭氣勢　橫吹紅葉滿前飛

念著想著，想著念著，我在瀑布和潭水交接的地方，看到了一彎美麗的彩虹！

02 森林裡的泡腳池

遠遠的，我就看到它了。身高六十五公尺，比四十七公尺的美國自由女神像還高的大鳥，兩隻翅膀張開有二十五公尺，真的是超級巨無霸呀！走出車站看到它，來到公園門口看到它，在公園的任一個角落，抬起頭都能看到它，它是大阪萬博紀念公園最具代表性的地標。

大鳥是我對它的暱稱，因為覺得它特別像一種叫做倉鴞的貓頭鷹。其實它的本名是「太陽之塔」，一九七〇年日本第一次舉辦萬國博覽會的時候，藝術家岡本太郎設計了這個超大型的作品，最頂端的黃金之臉象徵未來，中間的太陽之臉代表現在，背後黑色的太陽則是過去。博覽會結束後，大部分的設施都拆除了，留下這座太陽之塔，矗立在紀念公園裡面。

跟大鳥合照幾張後，我們往森林深處走去，經過四十幾年前

萬國博覽會時栽種的五千多棵櫻花樹，發現了櫻花樹的葉子也會變色！櫻花盛開之後，夏天那滿樹碧綠的葉子，這時候竟然有紅有黃，還有半紅半黃的混搭風格。以前竟然不知道櫻花樹葉會變色，應該是花兒太富盛名，讓人忽視了葉子顏色的變化。走過櫻樹大道，森林裡葉子的顏色越來越豐富，綠色是冬天依然翠綠的常綠樹種，還有些是楓樹的綠葉還沒變色；紅色是櫻花樹葉和烏桕（ㄐㄧˋㄡ）；還有那拔地而起，一樹鮮黃的銀杏。

今天是週末，公園裡處處闔家出遊的人們。水溝旁有媽媽帶著小小孩，撿起地上繽紛的落葉，放進水流之中，揮揮小手跟葉子船說再見。潭水邊的大石上，有爸爸蹲點用相機捕捉家人笑靨。還有遊園的小火車，載著整車的笑語喧譁，跑遍廣大的園區。我坐在暖暖的秋陽下，欣賞自然的美景，分享人們的笑聲。

這時候，我看到對面樹林下一幕動人的畫面，心情不禁複雜起來。那是一個中年男子，推著輪椅緩緩走來，輪椅上戴著毛線帽的老太太，腳上還蓋著鵝黃色的格紋毛毯。他們停在樹下的木頭長椅旁邊，中年男子拿出飲料遞給老太太，再把一個麵包撕開，兩人分食。他們所在的那一片草地，沒有流水沒有落葉沒有其他人，只有陽光靜靜灑落。是啊，行動不便的老人，一定也會想要感受大自然春去秋來的變化吧，年輕人是該陪他們出來走走的。

當中年男子推著老太太離開，我們也起身繼續在森林裡漫遊。

東看看，西瞧瞧，發現了幾支迎風招展的旗幟，上面有大大的「足湯」兩個字。一座藏在林間的小屋，用木頭和竹片開了門和窗戶，裡面是木板圍成的水溝型泡腳池，旁邊擺了圓圓的樹幹凳子。小屋外面的兩個戶外池，一樣用木頭和竹子組成的柵欄隔開。我們過去一探究竟的時候，兩個穿著綠背心的工作人員迎上前來。經過一陣比手畫腳和簡單的英語溝通，我們有了享受十分鐘免費森林足湯的機會。脫了鞋襪，在入口處用竹筒製成的小勺子，舀幾杓水把腳沖洗乾淨，我們走進小屋，慰勞一下走酸的雙腳。工作人員把一個計時器掛在窗戶的木頭上，提醒我們時間到了要起來。哇，還真是一板一眼照章行事呀！不過，就是這樣的態度，大家才能共享這貼心

的服務啊。

休息是為了走更長遠的路，在計時器嗶嗶、嗶嗶的提醒下，我們滿懷感激的起身離開這森林裡的泡腳池，前往下一個讓我驚呼連連的設施，一座架在楓樹林裡的空中步道。大部分的賞楓行程，都是站在樹下，仰頭看望那一樹燦爛的紅，現在我們卻一步步的爬升，來到楓樹的腰部，來到楓樹的頭頂。站在樹下仰望的時候，好像是孩子抬頭仰望高高在上的大人；站在空中步道俯視，好像大人低頭關愛孩子，對楓樹的感覺，會有一些微妙的變化。小兔子們可以試試用不同的角度，來觀看風景喔！

往上爬，順著空中的木棧道往上爬，來到最高的觀景臺，可以看到剛進來時，一起合照的太陽之塔。我想起了四十幾年前的那場萬國博覽會，主題是「人類的進步和協調」，據說有六千四百二十幾萬的參觀人次。不知道那些參觀過的人們，經過了四十幾載的楓葉紅了又綠，綠了又紅，是否有感受到人類的進步和協調呢？兔子阿姨不知道答案，只聽見風兒吹過紅葉發出窣窣的聲音。

03 稻荷狐狸奈良鹿

親愛的小兔子們，你喜歡狐狸嗎？你聽到狐狸的時候，腦海裡出現的第一個念頭是什麼呢？成語故事裡的狐狸，「狐假虎威」、「狐群狗黨」形像不是很好，更別說「狐狸精」是拿來罵人的話了。不過在日本，狐狸可不是這個樣子的喔。牠是掌管五穀豐收、生意興隆的稻荷神的侍者，神祕又聰明的動物！日本作家安房直子女士，有一篇叫做〈狐狸的窗戶〉的童話，寫的是一隻失去母親的小狐狸，在花田裡經營一家染坊。牠把兩手的拇指和食指染藍，再用這四隻手指合成一個小窗戶，就可以在窗戶裡看到一隻美麗的白狐狸，那是牠早就被獵人用槍打死的媽媽呀。有一個年輕的獵人來到染坊，小狐狸幫他把手指染藍；獵人在狐狸的窗戶裡，看到了已經被大火燒盡的老家，聽到了已經去世的妹妹的笑聲，心裡有一種溫暖的感受。

兔子阿姨就是這樣喜歡上狐狸的呀。那年秋天在大阪嚐過楓葉天婦羅，走過萬博紀念公園的天空步道，我們來到京都伏見稻荷山麓的稻荷神社。大門口石碑旁邊，橘紅的圍欄裡面，幾棵葉色斑斕的櫻花樹下，一隻咬著稻穗的狐狸翻騰而起。這裡是號稱最多外國觀光客來參觀的神社，最大的特色就是那滿山遍野成排成列的紅色鳥居。鳥居是日本神社的建築之一，通常會站在通往神社步道的前端。這種兩根支柱撐起兩道橫梁的建物，傳說是連結神明居住之處和凡人生活之地的重要接點。也就是過了鳥居，就進入神的領域了。來這裡參拜許願的人們，會捐款豎立鳥居，向神明表達敬意，成就了「千本鳥居」的名聲。走在鳥居排成長長的隧道裡，看著每一道縫隙裡射入的閃閃金陽，在這寂靜的神的領域之中，我猜想稻荷大神正在細細傾聽子民的心聲吧！

鳥居之外，最最吸引我的，當然就是稻荷大神的使者狐狸啦！正殿外面兩座雄壯威武的雕像，叼著鑰匙，圍著紅巾，還真是威風凜凜哪。更令兔子阿姨驚喜的是，這裡的繪馬設計成狐狸臉孔，大家把心願寫在白狐繪馬上，背面寫上姓名，懸掛在廟方特別準備的地方，祈求神明讓願望實現。原來，狐狸在日本人的感情裡，是這樣的角色啊。

這幾天，我們就住在伏見的民宿，參觀過稻荷大社後，穿過平交道，越過小小橋，沿著路邊的水道，徒步走回民宿。這是一條美麗的水道，一邊是櫛比鱗次的住家，另一邊有各色繽紛的樹種，倒映在水面上。邊走邊欣賞風景，看看路上騎腳踏車的老爺爺，穿制服背書包不知是趕上學還是剛放學的高中生，提著大包小包的家庭主婦，想像自己在這裡的日常生活會是怎樣？等到看見那棵高聳的銀杏樹，用渾身亮黃小扇子一樣的葉子跟我們招手的時候，就該左

轉進入小巷子裡的民宿，那裡有一隻和善的黃金獵犬等著我們呢！

在這個會說華語的老闆娘家，住了好幾晚，每天早出晚歸的到處追楓葉，終於等到這天要去奈良餵鹿了。這鹿可是真正的鹿，會走會跑會跳的鹿喔。而且是一大群的，有老有少的鹿。兔子阿姨看過一本奇幻小說，就是發生在奈良的故事。一個高中老師在這裡遇見一隻會說人話的鹿，交給他一個任務。因為沒有完成任務，老師受到鹿的懲罰，臉變得像鹿一樣，還要完成更困難的任務來解救日本，免於被毀滅的命運。啊！今天兔子阿姨到奈良，會不會也有奇遇呢？

下了電車出了站，馬上就是一條商店街，天婦羅、炸豬排、生魚片、壽司和拉麵，各式各樣的食物香味傳來。哎呀呀，還有和服店、拼布店甚至百元商店，現實生活的世界，把我腦子裡的奇幻全都趕跑啦！還好商店街的盡頭，是美麗的猿澤池，池畔楓紅倒映水中，搭上興福寺的五重塔，美麗的風景帶回一些夢幻的感覺了。湖畔有人寫生，阿牛叔叔也把隨身攜帶的畫具拿出來，找好角度開始畫圖。我坐在池邊的長凳上，四處張望搜尋鹿的蹤影。一隻鹿都沒看見，卻發現了三三兩兩的和服美女。本來以為她們是在地人，聽她們說話才知道是觀光客呢！

離開興福寺，走過春日大社，終於來到奈良公園了。沒錯，這裡的鹿好多呀！賣土產的小店附近，大樹下，草地上，涼亭邊，到處都是鹿。有專門賣鹿仙貝的小販，散布在廣大的公園中，想要餵鹿的人可以跟他們買，就像我們買飼料餵魚一樣。不過，鹿可不像錦鯉那樣，乖乖等人撒飼料。只要鹿群發現你有鹿仙貝，就會過來包圍你，甚至翻你的背包搶食呢！我身邊的一個高中女生，就被鹿群嚇得哇哇大叫。所以，想要好好的餵鹿群，要先照著公園的告示牌學習餵鹿技巧，兔子阿姨就學到了一個手勢，兩手攤開掌心向前，就是告訴鹿群，這裡沒有鹿仙貝啦。沒有鹿仙貝，牠們鎮定下來，才能好好的欣賞優閒穿梭的鹿群呀！小兔子們別擔心鹿群吃不飽，鹿的主食其實是草，公園裡有一大片的草地啊。阿牛叔叔完成畫作，收好畫具，已經是傍晚時分，現在該去餵飽自己了。看著公園裡悠然行走的鹿兒們，兔子阿姨雖然沒有遇見會說人話的鹿，但是能夠這樣近距離的跟牠們接近，也可以算是奇遇啦！

04 越夜越美麗

十一月中來到日本，楓葉還沒有全紅，在大阪看到的景色，有紅有綠，各參一半。下旬來到京都，楓紅見頃，那漫天炸開的豔紅、鮮紅和橘紅，在藍天白雲的映襯下，有一種勾魂攝魄的美麗！就連鋪在地上的落葉，也美得很有層次，剛剛落下的鮮豔，漸漸褪去水氣，轉成磚紅；時日增加，再成赭紅；等到全乾，最後萎縮成了乾乾的、淡淡的、蒼白的紅。

我們在山之精靈天狗居住的鞍馬山漫步，再去參觀祭拜雨神的貴船神社。潺潺流水的河道中，撐起大紅傘，傘下擺放賞景的座椅。聽說這裡夏天流行川床料理和流水麵，就是坐在河邊樹下用餐，涼風習習滿山綠意，好像在仙境裡吃飯一樣。兔子阿姨幻想著要是坐在那河中雅座賞景，抬頭是綠意配楓紅，腳下是流水載落葉，應該也是頗富詩意的呀！不過秋冬氣溫低，店家使用電暖爐為客人驅寒，寺廟也燃起高高的火把讓參拜者取暖，連路旁的神像都帶上了毛線帽，這時坐在河道中，人概會凍僵吧。

隔天去逛逛高雄，還在茶屋吃了烏龍麵和蕎麥麵，遇見了兩個從臺南來自助旅行的小姐。小兔子們別懷疑，我們真的到高雄啦！日本京都附近有座高雄山，山上的楓葉這幾天全部都紅了，日本人稱為「見頃」，我們在這裡見識到了滿山遍野楓紅見頃的氣勢，和在地人賞楓的優雅。如果是小店，長椅上鋪上紅布巾，上面放兩個軟坐墊；如果是中型店鋪，數張桌子鋪上紅桌巾，再撐起幾支大陽傘；如果是大店家，有頂的休憩涼亭，成組的木頭桌椅，所有的店鋪都歡迎賞楓客，坐下來喝喝熱茶、嚐嚐小點心，真的看不到邊走邊吃的人哪！

比叡山坐纜車看楓葉、保津峽看峽谷遊船、嵐山看小火車穿楓林……走過京都附近的山林，其實市區裡面也是處處美景。東、西本願寺那像黃色瀑布一樣的老銀杏；梅小路公園裡，孩子們撿拾紅葉放溪流，傍晚遛狗的太太親切的告訴我，滿地戴帽子的櫟樹種子，

叫做「どんぐり」，發音有點像「咚古利」，兔子阿姨學了一遍又一遍，覺得它的名字跟樣子同樣可愛啊。在這裡，秋天的腳步十分明顯，毋須到名山勝地追尋，生活周遭就有各色的秋葉！

這天，我們來到以前是王公貴族居住的京都御苑，占地廣闊的御苑公園，微微細雨洗淨蒼翠綠葉，楓葉紅、銀杏黃，配上古舊有味的建築，景色十分幽靜美麗，還有個遮風避雨的小亭子，給阿牛叔叔畫畫寫生，真是太完美了。等我們脫了鞋進到房子裡，從室內看向園子，又是一番不同的感受。更特別的是，我們來到一個有光滑木地板和紙拉門的房間，坐下來看著外頭的綠樹紅葉，讚嘆不已之後起身離開，發現有人趴在房間外的走道上等待清場。好奇的也趴下去跟隨他的角度，回望剛才坐過的房間。哎呀呀呀！暗色的房間裡，光滑的地板上，倒映出紙門外的綠樹紅葉，比真實的世界多了一分迷迷濛濛的美感，這不正就是傳說中的紅葉地板嗎！

如果說紅葉地板讓我們嘖嘖稱奇，那永觀堂的夜楓就是讓我們嘆為觀止了。這天早上，在清水寺看了好多和服美女，穿梭在老廟楓林銀杏當中，兔子阿姨和阿牛叔叔玩起猜猜誰是遊客，誰是本地人的遊戲，後來還真的遇見了兩位盛裝的藝妓，髮型、頭飾都十分講究，尤其是一臉白粉都擦到了脖子、頸後，真的跟一般遊客不同。傍晚時分來到永觀堂，聽說園區裡種了三千多棵楓樹，已經通紅見頃。不過，我們和門口這些洶湧的排隊人潮一樣，不只要看楓紅見頃，還要看夜晚打燈後的楓紅呀。人龍轉呀轉，一時找不到尾巴在哪裡，抬頭看見有人高舉寫著「最後尾」的牌子，趕緊跑到他身邊開始排。

好不容易進到園區，天色已經暗了，燈光也打亮了。腳邊的路燈，圍著燈罩，散發鵝黃色的光暈。楓葉掉進燈罩裡，形成了彩色的剪影，一排路燈，每個花色都不一樣，每個都很漂亮。右轉來到放生池，池邊垂下的變色枝葉，有著專屬的燈光，漆黑的夜色中，黃色的燈光聚焦在火紅的楓葉上面，楓樹腳邊還有綠草襯底，整個美景倒映在黝黑的潭水之中，這夜楓美得如夢似幻哪！

沒想到來到極樂橋這邊，排隊的人龍又出現了。前後都有工作人員維持秩序加控制時間。控制什麼時間？就是站在拍攝最佳照片點的時間呀！原來霸王級的美麗景點要在這裡拍，前景是突出的紅葉，中景是微彎的拱橋，背景是藍黑的夜空，還有一帶溫暖的燈光掃過。當然這只是上面一半，下面一

半是一模一樣的水中倒影。輪到我的時候，我沒有舉起相機拍照，只是利用這短短的時間，用力的用心把美景印在心裡面。這永觀堂的楓葉，真的是越夜越美麗啊！

05 上上籤

鏘！鏘！兔子姐姐上場囉。雖然兔子姐姐不是跟我們一樣屬兔，但她是兔子阿姨的女兒，現在正在大學念書，年紀比你們大，所以就請小兔子們叫一聲兔子姐姐啦！那年十一月，阿牛叔叔和兔子阿姨去日本關西地區賞楓，隔年十二月兔子姐姐有一個連續的假期，她規劃了關東地區八天自助行，陪我們再一次到日本去看秋葉。不過這次的時間較晚，楓葉應該落光了，主角要變成銀杏啦。

我們住在淺草的民宿，第一個參觀的景點當然就是淺草寺囉！

雷門

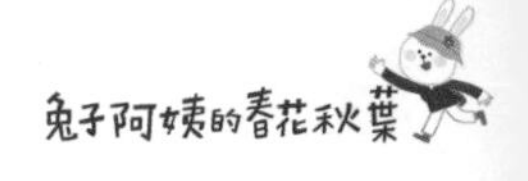

早上睡到自然醒，在民宿的小廚房裡做了牛肉蘿蔓番茄三明治，配一鍋暖暖的洋蔥蔬菜湯，吃飽飽的出門去。走過寒風凜冽的藍色駒形橋，看到匆匆走過的上班族，在駒形堂前合掌參拜，我們也過去一探究竟。紅牆黑瓦的建築，站在隅田川邊，聽說這裡就是當年漁夫打撈起觀音菩薩像的地方。堂前的櫻花樹，葉子紅綠斑斕，加上人行道上那一列銀杏樹，有的已經一樹金黃，有的還片片碧綠，這一帶的街景還真漂亮啊！

穿過微雨的人行道，路旁有一排人力車，綁著頭巾的車伕，熱情又賣力的招呼客人。兔子阿姨心裡十分矛盾，坐上車去會不忍心看他們吃力的樣子；但是大家不坐的話，那他們靠什麼賺錢生活呢？想了又想，我們還是沒有坐上人力車，因為那個超級大燈籠就在眼前了。

來到人潮洶湧的雷門，大家都想跟那個紅燈籠合照。這裡是淺草寺的正門，高大門樓的牌匾上，寫了金龍山三個字，鎮守在右邊的是拿著風袋、青色皮膚的風神，鎮守在左邊的是握著鼓錘，紅色皮膚的雷神，所以這個山門完整的稱呼是「風雷神門」，後來簡稱為雷門。我們等了一段時間，終於找到空檔跟掛在門洞裡紅底黑字的大燈籠合照，兔子阿姨還特別用手機的自拍功能，拍了燈籠底部朝向地板的那一面，果然跟傳說的一樣，是淺草寺守護神龍的圖樣。

進入雷門後，兩旁再兩旁，都是好吃好玩好買的小店鋪。兔子姐姐看上了一頂狗狗戴的毛線帽，想要替家裡的臘腸狗拉拉買一頂。兔子阿姨研究了一下，決定回家後自己替拉拉織一頂，完全發揮自助旅行收集資料、動手實做的精神啦！通過商店街，抵抗了層層誘惑，終於來到淺草寺本堂。這裡是東京都內歷史最悠久的寺院，供奉的正是漁夫在駒形堂那裡，從隅田川打撈上來的觀音菩薩。

阿牛叔叔在五重塔附近，發現一棵葉子已經黃透的銀杏，小扇子一樣的葉子，在雨後更是鮮豔美麗。忙著拍照留念之後，阿牛叔叔繼續尋找美景，兔子阿姨和兔子姐姐要去抽神籤啦！在集金箱裡投入日幣一百元，拿起不鏽鋼製的六角柱型籤筒，稍稍傾斜輕輕搖，密封的洞口上面留有一個小圓洞，誠心的搖啊搖著，小洞裡搖出了一支圓圓的小竹籤，上面有一個數字。記住這個數字，在旁邊找到相同數字的抽屜，拿出來的籤紙就是抽中的淺草寺神籤囉。籤詩共有一百首，分成凶、吉、末吉、半吉、小吉、末小吉和大吉七種。學過一些日文的兔子姐姐，看了寺方的說明後說，就算抽中大吉，如果粗心大意或是態度驕傲，也會有轉成凶的可能，要

用謙虛溫柔的態度對人對事才行；相反的，抽到凶的人只要不害怕，用堅忍不拔的態度面對生活，誠實對人，就會轉成吉。抽到凶籤的人，可以祈求觀音菩薩的加護，把那張籤詩綁在特設木框的橫桿上就可以了。結果兔子姐姐抽籤之後，就把籤詩綁在橫桿上，祈求觀音菩薩的加護庇祐。兔子阿姨抽了一支上上籤，小心翼翼的收起來準備帶回家。

出了淺草寺，我們鑽進附近的小巷弄，一陣帶著水氣的白色煙霧襲來，上前發現是一家自己製麵的拉麵店，剛好肚子餓了，就進去吃吃他們的手打麵吧。等待上餐的時候，我問阿牛叔叔為什麼不跟我們一起去抽籤。阿牛叔叔說，根據寺方的說明，不管抽到吉還是凶，只要堅忍不拔積極面對人生，誠懇誠實待人待物，就可以獲得神明加護庇祐，所以保持正確的人生態度，就不用去抽籤了。想想阿牛叔叔的話，還蠻有道理的。不過，抽到上上籤，心裡還是很高興呀！

06
故事夢工廠

這次我要從臺北一〇一說起。一〇一大樓落成已經十幾年了，居住在臺北的兔子阿姨卻從來沒有進去過，更不用說到八十九樓的觀景臺去看風景了。這回八天的東京賞秋葉之旅，規畫行程的兔子姐姐問有沒有特別想去的地方，三鷹之森吉卜力美術館是我們共同的選擇，因為兔子姐姐小時候最愛跟我一起看卡通，龍貓、魔女宅急便、天空之城，都是這裡的代表人物，也都是宮崎駿先生的作品呀。為了跟代購吉卜力門票的旅行社接洽，我們第一次踏進一〇一大樓，直上三十五樓的旅行社辦公室。這裡跟一般的大樓不同，除了要去觀景臺專有的通道外，拜訪其他樓層的客人要先打電話給對方，確定無誤，再經過有人看管的柵門進入。本來以為一手交錢一手交貨，今天就可以拿到票了，沒想到小姐跟我們說要先訂票，一段時間後拿到訂單，到日本後再換成門票。看見我們失望的表情，小姐跟我們保證沒有問題，約好拿取訂單事宜，她建議我們去走廊逛逛，看看窗外的風景，雖然是三十五樓而已，視野還是很棒的。所以，參觀吉卜力美術館之前，我們先參觀了臺北一〇一大樓喔！

這天我們從淺草的民宿出發，準備搭車到吉祥寺，穿過井之頭公園，就到吉卜力了。這是來到淺草，我們起得最早的一天。街上的店鋪，才剛剛開門做生意，一個工作人員穿著貓咪布偶裝，拿著掃把畚斗在店門口打掃，很有禮貌的跟我們打招呼。出門在外什麼都新鮮有趣，我們也興奮的跟努力工作的貓咪合照，感覺好像已經走進宮崎駿先生的卡通裡面了。

來到吉卜力美術館門口，正如預期中的一樣，排隊的人龍已經很長了。我站在隊伍中，仰頭看見藍藍的天空下，高高的、像城堡一樣的觀景臺上，爬滿了綠色藤蔓，旁邊的矮樹叢裡，隱隱約約的，好像有人探頭往下看。正想仔細看清楚，人龍卻開始移動，大門打開，可以進場啦！我們的訂單在櫃臺換到了一張很有紀念價值的門票，是用電影的底片製作而成。幸運的兔子姐姐拿到霍爾的移動城堡中，霍爾和蘇菲從空中飄飄而下的畫面，她細心的收到皮夾裡，打算帶回家好好珍藏。因為館內不可以攝影，反而讓我們更能專心看展覽。我們先在放映室看了一部狗狗大散步的卡通，然後參觀電影誕生的地方，了解電影的製作過程。最讓兔子阿姨興趣盎然的是那些卡通的原畫，感覺上好像看見了畫家們做畫的過程，作家們編寫故事的過程，我們好像來到了故事的夢工廠呀！兔子阿姨還在二樓的小圖書館裡，買了一本以龍貓故事裡的小煤炭為主角的故事書，期待它也可以拍成卡通動畫啊。

看過裡面的展覽，館外的設備也很吸引人。售票亭裡的大龍貓，雖然不能真的跟牠買票，但是很多人跟牠合照。兔子阿姨想起了入場的時候，感覺到有人從觀景臺往下窺視，就跟人群一起，循著旋轉樓梯上去瞧瞧。哎呀呀，原來是天空之城裡面，那個高大的機器人士兵，在這裡守護美術館！一樣是長長的排隊人龍等待合照，大家都十分興奮，卻還是很守規矩，耐心等待高大士兵腳邊，那些不斷變換姿勢，尋求最美照片的人們，因為我們知道，等一下自己也會是那樣快樂激動的粉絲。

終於輪到我們了！靠在機器人士兵的腳邊，我想到的是影片故事中，那個園丁的角色，它在人類離開以後，獨自生活在天空之城，與小動物為伍，並且照顧花草樹木。幻想著它跟卡通裡面一樣，手拿一朵小花，緩緩的送到我面前來。只是眼前的它一動也不動的，

或許是因為，兔子阿姨不是戴著飛行石項鍊的拉普達小公主吧。

看完想看的，拍到想拍的，我們來到美術館的出口，園區餐廳裡的客人多到滿出來了，我們坐在楓樹下的長椅上，想想接下來的行程。不知道是品種不同，還是溫度水分的影響，這裡的楓葉不是變紅，而是深深淺淺的黃色和橘黃色，在冬日陽光照耀下，有一股暖洋洋的感覺，就像森林裡的吉卜力美術館給我的感覺一樣。後來我們決定，穿過井之頭公園，到吉祥寺附近用餐。再次踏上鋪滿落葉的步道，風吹過大園子裡的變色秋葉，沙沙、沙沙的聲音，好像是我心裡的一首歌。

07 遙遠的富士山

象徵日本的富士山，是很多到日本旅遊的人，期待能夠一睹風采的地方。我們本來也希望能夠安排，親近富士山的行程。只是從新宿出發的高速巴士，到達能遠眺富士山的河口湖，來回就要三個多鐘頭，將近四小時，加上淺草到新宿的時間，算一算，想一想，還是決定這次就不去了。

好玩的是，沒有看到象徵日本的富士山，我們卻遇見了象徵美國的自由女神像！很多人都知道，美國有一座自由女神像，祂右手高舉火炬，左手抱著一本冊子，站在紐約曼哈頓的自由島上。可是兔子阿姨明明是來日本，怎麼也會遇見祂呢？這天中午，我們搭車來到台場，準備參觀海賊王的富士電臺，爬上球型的觀景臺，看看東京灣上的彩虹大橋，再去溫泉城裡泡泡湯。沒想到下車走過來，遠遠的看到了自由女神高舉火把，站在海邊那個紅葉、黃葉、綠葉交錯的公園裡！

暫時把富士電臺的球型觀景臺放一邊，我們先去研究一下日本的自由女神像。感謝兔子姐姐學了一些基本日文，總算知道了祂的小故事。原來是這座女神像還真的跟紐約的女神像有遠親關係。西元一八八六年，法國送美國一座自由女神像，三年後美國也回贈法國一座自由女神像。西元一九九八年是日本的法國年，特別把法國的自由女神請到台場的濱海公園來。一年之後自由女神回法國去了，日本民眾很想念祂，徵求法國同意後，就製作了一座複製品，豎立在原來的地方。所以，我們來到日本就遇見自由女神啦！很特別的是，我們在公園裡走走逛逛，來到神像後面，發現祂入境隨俗，梳了一個日本女士的髮髻呢。

雖然決定不到河口湖了，但是遠眺富士山的願望還在阿牛叔叔的心中。這天下午的行程是到日暮里的纖維街，這可是喜愛拼布的兔子阿姨，在家裡就十分期待的地點，準備在這裡好好採購布料、鈕釦、拉鍊和口金這些用品。對纖維街興趣缺缺的阿牛叔叔，前一天晚上在網路上發現，日暮里附近有一處「富士見坂」，也就是能看見富士山的小山坡，馬上就決定兔子阿姨逛布街的時候，他要去一償看看富士山的心願。這下兔子姐姐好為難啊，她該逛街還是去遠眺富士山呢？這兩個大人都不會說日文呀。討論結果是，兔子阿姨早就收集了纖維街的資料，而且直直一條街並不複雜，兔子姐姐就和阿牛叔叔去找富士見坂囉。在日暮里車站分別行動時，兔子姐姐一再重複叮嚀我，別忘了約好的時間，別錯過了當做地標的店家，好像很多年前，她跟同學去逛臺北市區的時候，我叮嚀她的話。兔子阿姨心裡有滿滿的欣慰和溫暖，小兔子們呀，你有沒有這樣關心你的爸爸媽媽呢？

還好兔子阿姨沒漏氣，提著大包小包的戰利品，回到日暮里車站跟他們會合。想看看阿牛叔叔拍的富士山，看到的卻是路燈桿上的富士山圖像而已。原來都市越來越繁榮，高樓大廈一間一間蓋，遙遠的富士山早就被遮住了。路邊的老爺爺跟他們說，他小時候真的有在這裡看過遠遠的富士山，但那是很久很久以前的事情了。

是不是該死心了呢？別再痴心妄想什麼遙遠的富士山了？還沒！還有一個機會，雖然能看到的機會不大，但總是一個希望。聽說在新宿東京都廳的南展望臺，天氣好的時候，真的可以看到富士山。所以那天下午，我們在築地吃了生蠔、玉子燒和生魚片後，懷著滿足的心情，決定到南展望臺去碰碰運氣，就算沒有看到富士山，

看看東京的夜景也不錯啊。更棒的一點是，這個展望臺不像富士電視臺的展望臺要收費五百日圓，它是免費的！

來到東京都廳，一樓有工程在進行，我們繞來繞去找展望臺的入口。眼看著時間一分一秒的過去，心裡開始著急起來。因為太陽要是下山了，天光很快會黑下來，就看不見富士山了，而且南展望臺平日只開放到五點半，再找不到入口，連上去的機會都沒了。

總算皇天不負苦心人，找到入口，排隊的人也不多，工作人員檢查背包後，我們進入電梯直達四十五樓的展望臺。裡面的人不少，全都集中在向西的窗戶邊，應該都是來搶看富士夕照的。我們等了一下，終於有機會貼近窗戶，看看外面的景觀。腳下一片連綿不斷的房舍，昏暗的光線下，看不太清楚。房舍一直推到遠遠的天邊，被一道橫亙綿長的山脈阻擋。暗色的山上，頂著橘色、橘黃到鮮黃的漸層色澤，就在最亮的那一點，太陽剛剛沉落的位置旁邊，我們看到了一個小小的，頂端平平的三角形。我們看到了遙遠的富士山！

08 兩隻小瓢蟲

兔子阿姨很喜歡逛市場！每次去學校跟你們講故事後，回家之前，都會到學校旁邊那個大市場逛一逛。雞鴨魚肉、蔬果青菜之外，還有衣服鞋子、包包飾品，甚至玩具和書籍。不過最能吸引兔子阿姨的是，新奇的東西。這個市場除了一般的鴨子，還可以買到紅面番鴨；兔子阿姨買過一條格子裙，套在脖子上就是披肩；還有賣髮飾的小姐現場示範，怎樣用特製髮圈簡單三步驟，就綁出一個美麗的，或是可愛的丸子頭。

所以來到日本看秋葉，我還有一個願望，就是去逛逛手作市集，找一找新奇的東西。手作就是用手用心作出來的東西，跟用機器做出來的、一模一樣的東西不同，手作的物品有自己的樣子，自己的味道，自己的溫度。手作市集就是手作人集合在一起的市集，專門出售自己做出來的東西。我遇見的第一個手作市集，是在貴船神社。跟著阿牛叔叔的同學小真叔叔來到貴船，一路欣賞美麗的紅葉之外，路旁在風中獵獵作響的布旗子，上面手作市集的活動時間，一直催促我加快腳步。本社、結社、奧宮，市集設在最裡面的奧宮呀，我把其他三人丟在後面，自己在兩旁都是老樹的林道上匆匆向前趕，經過連理杉和船形石，終於到了奧宮前面的小廣場。

哇，真的有些手作人在這裡擺攤，正想過去看看，一位男士過來，親切的用日語跟我打招呼。我微笑著搖搖手，用英語說我來自臺灣，於是他改用英語跟我交談。原來他是義工，在這裡跟遊客介紹貴船神社的歷史和傳說。他說撿一塊船形石附近的小石頭，可以保佑航海平安。可惜我們兩個英語都不是很好，簡單談談後，兔子阿姨就去逛市集啦。我在一個賣吊飾的小攤上，發現了臘腸狗造型的小吊飾，有黑色和白色，就是沒看見我家拉拉的棕色。老闆娘陪著我在盒子裡面翻找，就在快要放棄的時候，兩隻棕色小拉拉出現了，樂得老闆娘和我擊掌歡呼，她還送我兩個美美的小包裝袋呢！

第二次逛手作市集，是在計畫中的上賀茂神社。這個號稱森林中的市集，是兔子阿姨在家就收集好的資料，特別請領隊小真叔叔一定要安排的景點，加上這裡也是關西賞楓出了名的地方，我們計畫在這裡待上一整天哪。

巴士到站，跳下車來，迎接我們的是藍天白雲、金色陽光下，迎風招展的各色旗幟。穿過高大的鳥居，前面是一片綠草坪，左手邊的馬舍裡有一匹白色神馬。馬舍的路邊，又一座橘紅鳥居旁，一棵葉子又紅又黃又橘的大楓樹下，有穿著傳統和服的男孩女孩，活潑的或是冷靜的或是害羞的，讓興奮激動的家人拍照。奇怪，是有其他活動還是大家習慣盛裝來逛市集？不管了，右邊的樹林裡，綿延兩三條小街道的手作攤，已經人聲鼎沸了，我們動作要快點才行。

因為大家有興趣的東西不同，我們決定分頭活動，約定時間在神馬舍旁邊的草地集合後，兔子阿姨就像小雞掉進大米缸啦！

拼布包包、毛線玩偶、手繪卡片、羊毛氈小物、種子吊飾、皮鞋皮包、木作小板凳、橡

皮圖章，各式各樣的手工作品琳瑯滿目，小小攤子旁邊總有位面帶微笑的主人，一邊繼續忙著手上的新作品，一邊等待客人上門詢問。兔子阿姨這個很喜歡，那個也中意，但是想到旅行箱的容量，只能考慮再考慮，思量又思量，哪些可以買，哪些只能學創意，我非常認真的在逛市集呢！其實這次的市集，還有個特色，就是手工餅乾，各式各樣的餅乾，香得我垂涎三尺。當我心滿意足的來到集合點，發現阿牛叔叔竟然交了一個新朋友。他是專門設計捕夢網的老先生，買了當地產的新鮮蘋果，請我們在綠草地上吃飯後水果。大家比手畫腳，加上寫漢字畫圖案，還聊得不亦樂乎喔！趁此機會，問起盛裝的和服小朋友是怎麼回事？這才知道他們在慶祝「三五七節」，滿三歲的男娃娃女娃娃，滿五歲的小男孩，滿七歲的小女孩，到神社來參拜，感謝神明保佑，祈求能夠健康長大。

兩次參觀手作市集，兔子阿姨覺得非常有趣。隔年冬天跟兔子姐姐來到東京，也特別計畫找個市集看一看。穿過安安靜靜的住宅區，循著路邊牆上的指標，我們來到代代木八幡宮。爬上石階進入小樹林，前往宮廟的小徑兩旁，有個小市集。多肉植物小盆景、手勾紗蕾絲邊、拼布口金包，啊！還有果醬和醃菜，市集雖然不大，賣的東西卻很有特色呢。兔子阿姨在小飾品的攤子上，發現了幾隻紅色的瓢蟲。顧攤的兩個大女孩，拿了一隻放在我的手上，說是她八十幾歲的奶奶做的。拇指大的身體，中間一條黑線分兩半，小珠

子做成的頭上，有兩個小白點是眼睛，紅色的背上分布七個黑斑點，這隻七星瓢蟲是個可愛的別針喔！八十幾歲的老奶奶還能穿針引線做手工，設計出這麼精緻可愛的作品，兔子阿姨馬上掏錢選購兩隻，希望自己老了也有這樣的眼力、腦力和體力，跟孫女兒一起玩手作呀！

09 銀杏大道

很早很早以前，就聽過銀杏樹的大名了。聽說秋天的時候，它身上的碧綠的葉子，會變成亮眼的金黃；聽說它長得很慢很慢，阿公年輕時種下的銀杏，要等到孫子出生時，銀杏才會結果實，所以也叫做公孫樹；聽說它的種子就是中藥材裡的白果，有保持老年人記憶的功效；聽說它的壽命可以達到三千年以上；聽說它是植物界裡的活化石；聽說過太多的聽說，我卻從來沒有看過一棵真正的銀杏樹。不過，在我最愛閱讀的一本小說裡，夾著一張好朋友送的書籤，上面正是一片壓乾的銀杏樹葉。細細長長的葉柄，略帶半圓的扇形，中間裂開一半，乾乾的、淡淡的，接近咖啡色的淺黃色，葉緣是一道微微上下彎曲的小波浪。這麼漂亮的葉子，會長在怎樣的一棵樹上呢？

第一次到日本關西地區賞秋葉，終於見到了讓我瞠目結舌的銀杏樹了。其實，剛開始的感覺，就是美麗。伏見民宿後面水道旁的那棵銀杏樹，大約有三、四層樓高，圓錐形的外表，下面胖胖頂端尖尖，全身掛滿亮閃閃的金黃小扇子，和水面倒影相互輝映。這樣美麗的銀杏樹，在大公園的角落，街道的轉角，廟宇的周圍，都可以見得到。一直到我們來到京都的西本願寺，見到這棵四百歲的銀杏樹，真的是瞠目結舌說不出話來了。它沒有很高，卻是很寬廣，枝椏橫向生長，延伸開來竟然有三十公尺寬！我們運氣很好，碰上它黃得最燦爛的時候，在古廟深色建築的映襯下，它美得十分霸氣，有種一樹成林的氣勢。傳說有一年火災，它還噴水救火，讓旁邊的建築免受祝融之災。

不同於這棵老爺爺樹有木頭柵欄，限制人們不可以太靠近，我們在上賀茂神社逛過森林裡的手作市集之後，來到一處平易近人的銀杏大道。小真叔叔帶大家下了巴士，爬上一座天橋，先看全景。眼前向前延伸不斷的道路分隔島上，一片亮燦燦的金黃也向前延伸，其中一側還有一道清澈的溝水，倒映了銀杏樹葉，變成閃閃金光的水流。二話不說，衝下橋去，投入嵋川第三公園的懷抱裡。除了一對在樹下撿落葉的母子，一個遛狗的中年大叔，和幾個匆匆走過的上班族之外，這長長的銀杏大道就屬於我們的了。在風兒吹過，枝葉款款擺動的黃色大樹前面，擺出各種各樣的姿勢拍照；堆起地上的落葉，抓幾把向上揮撒；沿著溝水追逐滾滾向前流去的葉子；啊，還有研究研究地上那些味道特別的落果，我們四個人玩得好高興哪！

隔年十二月，兔子姐姐和我們一起來到關東地區，楓葉熱潮已過，主角銀杏上場。我們在明治神宮外苑，又有了一次驚豔之旅。從地下道鑽出來，發現今天的天氣真是好！湛藍的天空，潔白的雲

朵，金色的陽光撒下來，感覺好像春天就要來了。不過，風吹過來還是蠻冷的。圍好圍巾，戴上毛帽，拉上外套拉鍊，我們跟著人群慢慢移動。

來到街口，哎呀呀，大馬路的兩邊，各有一列高聳入雲霄的銀杏樹，就像聖誕節那圓錐形的聖誕樹一樣，只不過它們是金黃色的聖誕樹，站在車水馬龍的路邊。中間的大馬路，本來是給車子走的，今天被路障隔起來，舉行路跑比賽。不管是車子還是行人，都不能進去，我們只能在路邊仰頭讚嘆。還好兩列銀杏樹外側，還有另外兩列銀杏樹。雖然不像中間這兩列那麼高，但是稍稍向外伸的枝椏，在人行道上形成了長長的金黃色隧道。陽光從樹的縫隙中照射進來，走在樹下的我們，隨著跳躍的光點前進，竟有種參加嘉年華會遊行的華麗感覺。

銀杏樹靜靜的站在秋天的陽光下，再過一陣子，它就要脫下金黃的外衣，度過寒冷蕭瑟的冬天。一年又一年，樹下走過的人群，撿起落在地上的落葉帶回家，夾在自己最喜歡的書頁裡。等到金黃的葉子變成乾乾的、淡淡的，接近咖啡色的淺黃色，再把它拿出來看看，想起與它相遇的經過；或是把它做成書籤，送給還沒見過銀杏樹的好朋友，鼓勵好友出門去尋找屬於自己的，美麗的銀杏樹。

10 旅行的禮貌

從臺灣搭飛機到日本的關西關東地區，大約只要三個半鐘頭左右，所以從臺灣到日本玩的人還真不少。

有一次我們到火車站附近的快餐店吃午餐，跟門口的機器點餐後，把單子交給工作人員，就找了位置坐下來。因為時間還早，店裡的客人不多。我們靜靜聽著店裡播放的輕音樂，看著玻璃窗外匆匆路過的人群，心情輕鬆的等待餐點送上來。不久，七、八個人推門進來了，擠在點餐機前面嘰嘰喳喳講不停。座位上不管是正在吃飯的還是等餐的客人，全都轉頭看著他們，有幾個人還皺了皺眉頭。我看那個中年大叔應該是識途老馬，他伸手在機器面板前面，指指點點的告訴旁邊的幾個太太，單點只有什麼，套餐加了哪些東西，他個人最推薦的又是什麼。大叔的聲音很大，連坐在角落的我都聽得一清二楚；太太們的聲量也不小，捲捲鳥窩頭的那個，不敢吃納豆，卻愛吃茶碗蒸，這樣要不要點套餐呢？棕色直頭髮的那個，一碗飯吃不完，追著問丸子頭的那個要不要一起分？奇怪，這裡是日本呀，怎麼他們說的話，兔子阿姨全部都聽得懂？等這些人點了餐，都坐下後，我就更確定他們是來自臺灣的同胞了，因為那幾個太太開始比較，桌上那一罐醃漬的薑片，和昨天她們在西門町的日式料

理店吃到的，哪一個好吃。

其實，在很多景點都會遇見我們臺灣人，除了有他鄉遇故人的興奮之外，有時候卻也會有像前面說到的，那種尷尬的情形。當大家皺著眉頭注視那些大聲喧譁的客人時，兔子阿姨常常在想，要不要提醒他們注意旅行的禮貌呢？

旅途之中，有時候特別放鬆，沒有注意到小細節；有時候特別激動，只看到自己想看的東西，這些時候就跟平常的自己不一樣。兔子阿姨也有過失禮不好意思的時候呢！那天，我們要到清水寺看楓葉，跟著人群在古色古香的清水坂上往上爬，兩旁是各式各樣的藝品店。兔子阿姨在一間賣瓷器的店鋪前面，興奮得兩眼發直，盯

著裡面的杯子、盤子和碗筷看。不知道什麼原因，這家店鋪還沒開始營業，透明的玻璃門推不開，裡面也沒有人。沒有機會入內參觀購買，於是兔子阿姨舉起相機拍攝照片，想要當做紀念。才拍了兩張吧，後面有人拍拍我的肩膀，指指窗戶角落的一張貼紙。哎呀呀，貼紙上是一個相機的圖案，上面打了一個大叉叉，明明白白的告訴大家，不要拍照！兔子阿姨紅著臉離開，下定決心以後一定不再犯這種錯誤。除了不能拍照的提醒，還有一些告示牌禁止的事項，包括吸菸、飲食、亂丟垃圾等等，兔子阿姨有自信不會觸犯這些規定，但是看到這些告示特別使用中文書寫，心裡頭還是有些不舒服啊。

那天，來到常常有藝妓出現聞名的花見小路。藝妓是日本早期餐廳中的女服務生，後來加上舞蹈、演唱、演奏等等的表演，現在是日本文化中特有的藝術工作者。我們沒有遇到藝妓卻看到豎立路邊的告示，雖然只是圖示沒有文字，但是一看就懂，其中一項是禁止自拍棒。因為長長的一根棒子，遊客眾多的時候，會有安全的考量，很多國家地區都已經禁止使用了。不過告示牌上有個圖示，讓我們猜了好久。那是一個藝妓的圖形，旁邊加上一隻手，黑色的圖案上面一個紅色大叉叉，是在禁止什麼呢？回到民宿上網查詢，才知道那是禁止碰觸藝妓的意思。原來有些遊客想要跟她們合照，或是拍攝她們的時候，被她們拒絕後，竟然伸手拉她們入鏡，或是阻擋不讓她們離開！應該是有不少人有這種不當的行為，相關單位才會豎立這樣的告示牌。兔子阿姨看到這裡真是氣炸了，不管是多麼興奮、多麼渴望、多麼……不管什麼理由，都不能這麼不尊重人家呀！怎麼可以如此沒有禮貌呢？

這些都還是有告示牌清楚明白的告訴遊客不要做的事情。很多時候，是我們自己應該要有的態度，一種互相尊重彼此的態度。在餐廳裡可以低聲交談，不要大聲喧譁；拍照時先徵詢對方的同意，

被拒絕也不要勉強人家。出門在外旅行，發自內心的尊重，表現在行為上的禮貌，是絕對重要的呀！

11 有趣的觀光列車

旅行，從出發的時候就開始了。大部分的時候，我們以為目的地才是最重要的，所以在前往目的地的過程當中，有時候在車上睡覺，有時候在車上唱歌，等的就是趕快到達目的地。不過，小兔子們哪，在日本搭乘觀光列車，你會發現，旅行從出發的時候就開始了！

這次旅行遇見的第一次觀光列車，是從博多到由布院的「由布院之森」。綠色的車身，搭配黃色線條，還真的有一股森林的氣息傳來。進入全部都是原木打造的車廂，讓我有種想要深吸一口氣的衝動，感覺上會有一陣木頭香氣傳來呀！先把行李放到自己的位置上，再到跟一般列車不同的兩節車廂去參觀一下。餐車裡提供付費的餐點和啤酒，看起來還蠻精緻可口的，不過兔子阿姨肚子還不餓，就只是看看而已。這裡還有販售一些小紀念品，兔子阿姨拿的是一張美麗的紀念乘車證，上面有綠色的由布院之森穿過粉紅色花朵的圖案，還可以用旁邊的紀念章，蓋上當天的日期喔。才想付錢，穿著制服面帶親切笑容的小姐搖搖手，表示乘車證是免費的。高高興興的道謝後，我們再到隔壁的景觀車廂，坐在原木椅上，趴在原木長桌上，透過窗玻璃，看著外面的景物。終於知道，列車為什麼叫做由布院之森了。休耕的稻田被綠草覆蓋，白牆灰黑屋瓦的農舍，站在遠處的森林當中，更後面遙遠的高山上，還有一些些積雪。火車向前奔馳，感覺就是要前往一處美麗的森林啊。就在我們翻閱桌上的旅遊資訊，和有趣的旅客留言簿時，服務人員拿著制服帽子和一塊寫著日期的板子來了，有興趣的人都可以穿上制服，帶好帽子，拿著板子一起拍照留念喔。回到自己位置的車廂，坐在特別加高的座位上，看著窗外的景物，繼續奔向森林之旅囉！

第二次搭上觀光列車，是從熊本到海邊的三角，列車名字叫做「A列車」。黑色的車頭，金黃車身，長了翅膀的五角星星是它的標誌，還有到處都是的A字符號。車上還有美麗的復古沙發，漂亮

的彩色鑲嵌玻璃，還有兔子阿姨收集的免費紀念乘車證，這次的圖案是A列車穿過黃色的花叢。熊本到三角的車程只有四十分鐘，兔子阿姨逛完車廂，坐下沒多久，就看到窗外的大海了。

第三次的出發點，還是在熊本。這一次我們要搭觀光列車到阿蘇，列車名字叫做「阿蘇男孩」。黑車頭白車身，車身上有一隻叫做KURO的小黑狗，擺出一百零一個不同的姿勢歡迎大家。我相信小兔子們一定會超級喜歡阿蘇男孩的，因為餐車裡有特別為小朋友設計的餐點，車廂裡有特別設計的親子座之外，列車上還有一個放滿木球的球池！可惜兔子阿姨年紀太大了，不然還真想脫了鞋進去球池玩一玩。不過，我還是脫鞋進去一個特別的地方了，就是一間小小的圖書室。雖然只有一個書櫃，但還是看到幾本我很喜歡的繪本故事，等我回到臺灣，再去學校講給你們聽吧。逛了一圈回到自己的位置，親切的服務人員來了，我們拿著阿蘇男孩的大牌子，又拍了一張觀光列車紀念照。啊，對了，這一次的乘車紀念證，阿蘇男孩後面的花是紫色白蕊，蕊的中間還有個小黃點喔。

介紹接下來的觀光列車之前，兔子阿姨要先說一個故事，一個在日本非常出名的故事。有一個叫做蒲島太郎的漁夫，在海邊救了一隻被小孩欺負的大海龜。海龜想要報恩，就帶蒲島太郎去龍宮參觀。蒲島太郎在龍宮遇見了乙姬公主，受到公主熱情款待。幾天之後蒲島太郎想要回家了，公主送他一個寶盒，卻叫他千萬不要打開來。蒲島太郎回到家，發現景物已經不同，聽說很久很久以前，確實有個叫做蒲島太郎的人，但是年輕時就失蹤了。原來時間已接過了好多年了，蒲島太郎不知道怎麼辦才好，他忘了公主的警告，竟然打開了寶盒，盒子裡什麼都沒有，只是冒出一陣煙來。煙霧消失後，年輕的蒲島太郎變成了一個年紀很大的老公公。是的，兔子

阿姨的第四次觀光列車體驗，就在鹿兒島到指宿之間，列車名字叫做「指宿玉手箱」。玉手箱是日文寶盒的意思，也就是我們坐進寶盒裡啦！

傳說蒲島太郎的故事，就發生在指宿的海邊，所以指宿的玉手箱列車，就圍著這個神話故事設計出來。左右一半黑一半白的車廂，象徵著乙姬公主的寶盒，裡面有特別為小朋友設計的桌椅、遊戲區，裝飾著海底世界的小東西，和一個小小圖書館，裡面有許多跟蒲島太郎有關的故事書。最最好玩的是，列車到達指宿，車門打開來的時候，會有一陣煙霧噴出來。這時候要特別注意看看，有沒有哪個年輕人變成了老公公，他一定就是蒲島太郎！對了，兔子阿姨沒有忘記收集記念乘車證，這次玉手箱後面的花跟A列車一樣是黃色的，但並不是同一種花。

這些各有特色的觀光列車，真的十分有趣。旅行雖然還沒到達目的地，在觀光列車上就非常精采了。聽說我們這次錯過了熊本到人吉的觀光列車，那是一列靠燒煤炭當動力，沿途會噴黑煙的老火車，雖然很想見識一下真正冒煙的火車，但是留一些新鮮事下次來再體驗，也是不錯的啊！

12

初雪

十一月中來到大阪，楓葉才剛剛開始要變紅，走過箕面公園和萬博公園後，我們轉往京都，開始追逐楓紅和金黃的銀杏。一天爬過一座山，一天拜訪幾座寺院，一天又一天，眼看著楓葉越來越紅，直到見頃。然後地上的落葉，多過樹上的紅葉，枝頭漸漸零星，半個多月過去，紅葉的季節就要結束了，我們開始往南邊的九州移動。

從京都搭乘相當於臺灣高鐵的日本新幹線，到達博多之後，我們轉搭觀光列車前往由布院。不同於現代的連鎖飯店，和簡單訴求的民宿，這一次我們預定的是日本傳統的溫泉民宿，包括一泊二食泡溫泉，也就是到達入住後，供應晚餐，住宿套房，和第二天的早餐，還有住客專屬的男湯女湯喔。這是我們自助旅行行程中，最華麗的住宿點啊！

到達由布院車站，推著旅行箱站在月臺，發現旁邊有幾片竹子編成的圍籬，隔出一個小巧的足湯。足湯泡腳池隔著鐵道對面，柵欄下有一大叢茶花開得正好，綠油油的葉子，襯著紅豔豔的花朵，很是美麗。兔子阿姨想像坐在長椅上，捲起褲管，讓疲憊的雙腳泡著熱熱的溫泉水，輕鬆的看著遠去的鐵道，真是輕鬆自在，優哉游哉啊！一陣冷風吹來，吹醒不切實際的幻想，這時候還是先去訂好的民宿才是，那裡的溫泉可以整個人下去泡得暖呼呼，不是只有足湯而已呀。

我們的民宿在著名景點金鱗湖邊，從車站過去還有一段路要走。推著行李，漫步在旁邊各式各樣的店鋪的小路上，感覺還蠻好的。走過蛋糕捲名店，在動畫紀念品前面晃晃，還有貓貓狗狗的可愛用品。當我從一間賣和菓子的小店鑽出來的時候，天空竟然飄飄降下細細白白的粉末，往前走幾步，粉末漸漸變大，成為一片一片的……雪花！天哪，是雪花，雪花欸，我們竟然遇見下雪了！或許是水氣不夠，我們來到金鱗湖畔的時候，雪已經停了。湖裡的溫泉水，遇見上方的冷空氣，形成了薄薄的霧氣，在湖面上游走，配上湖邊尖頂旅舍玻璃窗裡，透出來的橘色燈光，這個天色逐漸變暗的傍晚，我們好像來到了仙境一般。

溫泉民宿正如想像中美好，親切的女主人帶著溫暖的笑容在門口迎接，帶我們到鋪著兩床墊被蓋被的塌塌米房間。因為這晚只有我們投宿，男湯女湯的溫泉池，馬上變成我們這兩房專屬的家庭池，在退房離開之前，想泡就泡！法式風味的晚餐，由男主人掌廚，吃得我們四個人讚不絕口，雖然英文不夠流利，誠心誠意的讚美，還是把廚房裡的主廚，誇到餐桌來一起閒聊。雖然外面的溫度很低，我們還是有個溫暖美好的夜晚哪！

第二天早晨，親愛的小兔子啊，你們猜猜看，兔子阿姨看到什

麼了？雪，是雪，窗外是一片雪的世界！草地上是雪，樹葉上是雪，車頂上是雪，屋頂上是雪，天空中飄飄而下的還是雪。女主人笑咪咪的跟我們說，這是今年的初雪，能夠一起欣賞初雪的人，會一直幸福快樂的在一起喔。吃過早餐，我們冒著小雪到外面逛一逛，拍拍照。這一場初雪來得意料之外，尤其是住在臺灣的我們，很少在平地遇見下雪。只是，雪景雖然很美，麻煩卻來了，天冷加上路邊的積雪和不時飄落的雪花，我們沒辦法依照原來的計畫，拉著行李走路到車站去了，只好拜託主人幫忙打電話叫計程車。沒想到主廚願意充當臨時司機，載我們到車站去。這項服務可沒有包含在事先的約定當中，純粹是朋友間的照顧喔！

揮手跟主廚道再見，看著他的車子回轉消失在積雪的道路上，我們轉身進入月臺等車。那個小小的足湯，靜靜的在竹籬笆後面冒著煙。長長的鐵道上鋪著一層白白的雪，昨天開得正好的茶花一樣盛開，在紅花綠葉上面，加了一層白雪。後面那一排楓樹，已經禿了樹頂，只剩下光溜溜的樹枝，站在冷冷的空氣中。是了，初雪降下，楓葉的季節已經過了，火車進站，賞楓的人就要回家了。

國家圖書館出版品預行編目資料

兔子阿姨的春花秋葉／陳素宜文；Yating Hung圖．--
初版．-- 臺北市：幼獅，2017.10
面；　公分. --（散文館；28）

ISBN 978-986-449-079-0(平裝)

859.7　　　　　　　　106006317

・散文館028・

兔子阿姨的春花秋葉

作　　者＝陳素宜
繪　　圖＝Yating Hung
出 版 者＝幼獅文化事業股份有限公司
發 行 人＝李鍾桂
總 經 理＝王華金
總 編 輯＝劉淑華
副總編輯＝林碧琪
主　　編＝林泊瑜
編　　輯＝黃淨閔
美術編輯＝游巧鈴
總 公 司＝10045臺北市重慶南路1段66-1號3樓
電　　話＝(02)2311-2832
傳　　真＝(02)2311-5368
郵政劃撥＝00033368

印　　刷＝錦龍印刷實業股份有限公司
定　　價＝280元
港　　幣＝93元
初　　版＝2017.10
書　　號＝986279

幼獅樂讀網
http://www.youth.com.tw
幼獅購物網
http://shopping.youth.com.tw
e-mail：customer@youth.com.tw

行政院新聞局核准登記證局版臺業字第0143號